Gerhard Branstner · Der falsche Mann im Mond

Gerhard Branstner

Der falsche Mann im Mond

Utopischer Roman

VEB Hinstorff Verlag Rostock

ISBN 3-356-00046-2

5. Auflage 1989. Lizenz-Nr. 391/240/44/89
Printed in the German Democratic Republic
Schutzumschlag und Einband: Eberhard Binder-Staßfurt
Gesamtherstellung: Grafische Werke Zwickau
Bestell-Nr. 522 138 4

00760

1.

„Eigentlich heißt er Abaschwili."
„Bitte?"
„Abaschwili", wiederholte Mangold. „Seit er aber hier auf dem Mond arbeitet, heißt er nur noch Wili."
Rockhaus nickte. „Das weiß doch jedes Kind."
„Sicherlich bringen Sie es auch einmal so weit wie er", meinte Mangold. „Aber es ist kein einfacher Weg. Sie werden ihn als Liftboy beginnen."
„Liftboy?" Rockhaus sah den Personalchef entgeistert an.
Mangold legte dem jungen Mann die Hand auf die Schulter. „Auch Wili hat als Liftboy angefangen."
Rockhaus setzte sein Köfferchen ab und ließ die Schultern hängen. Um Liftboy zu werden, hätte er auch auf der Erde bleiben können.
„Sehen Sie sich ein bißchen auf dem Mond um", riet Mangold. „Gewöhnen Sie sich an die hiesigen Verhältnisse, Sie haben eine Woche Zeit. Dann beginnt die Arbeit." Der Personalchef wandte sich zur Tür. „Sobald Wili seinen Dienst beendet hat, schicke ich ihn hoch."

Mangold ging, und Jochen Rockhaus stand mutterseelenallein in einem kleinen Zimmer des siebenunddreißigsten Stockwerkes des Mondhotels „Babylon".

Der kleine, kugelige Simin starrte aus dem Fenster, blinzelte mit den Augen und zog den Vorhang zu.
„Ein verwünschtes Licht; ich werde mich wohl niemals an die Sonne auf dem Mond gewöhnen."
Der Vorhang schloß nicht ordentlich, ein schmaler Spalt ließ einen Strahl des verwünschten Lichtes ins Zimmer fallen. Obwohl das Fensterglas das Sonnenlicht filterte, grunzte Simin ärgerlich und wich dem Strahl aus, der den Raum wie das Messer die Butter in zwei Hälften teilte.
„Was halten Sie von dem anonymen Brief? Ein schlechter Scherz?"
Simin wartete auf Antwort. Da er keine erhielt, blickte er zum Schreibtisch seines Mitarbeiters hinüber. Dort war es stockdunkel. Simin hatte das dumme Gefühl, allein im Zimmer zu sein. Er riß den Vorhang auf und blickte wieder zum Schreibtisch hin. Howald saß unbeweglich in seinem Sessel.
Simin wiederholte seine Frage. „Sie halten den anonymen Brief für einen schlechten Scherz?"
„Keineswegs."
Simin nickte nur und lief neuerlich hin und her; und da er es verschmähte, die landesüblichen oder vielmehr mondüblichen Trimmschuhe zu benutzen, prallte er wie ein Gummiball von einer Wand zur anderen.
Für Howald hingegen schien der Mond die doppelte Anziehungskraft der Erde zu haben. Er brachte seine überlange Gestalt mühsam auf die Beine und schleppte sich an einen Schrank, aus dem er einige

Mappen zog. Sichtlich erschöpft wankte er zu seinem Sessel zurück und ließ sich kraftlos hineinfallen.

Simin beobachtete seinen Mitarbeiter mit besorgter Miene. Er wußte, daß Howald an der Mondsucht litt, einer Krankheit, die gewöhnlich einige Zeit nach dem Mondrausch auftrat und, im Gegensatz zu diesem, von einer seelischen Depression begleitet wurde. Ihre Ursache aber hatte die Mondsucht in der Schwierigkeit, das der Erde angepaßte Stabilisierungssystem des menschlichen Körpers auf die Schwerkraft des Mondes umzustellen. Statt sich auf eine geringere Leistung einzuspielen, brach dieses System, da es nicht in dem gewohnten Maße gefordert wurde, völlig zusammen. Demzufolge war der Körper der Schwerkraft des Mondes jetzt widerstandslos ausgeliefert und empfand sie stärker als vorher die der Erde. Als die ersten Fälle von Mondsucht auftraten, schickte man die davon Befallenen sogleich zurück zum Heimatplaneten. Doch statt einer Heilung trat das Gegenteil ein: die Erkrankten klagten über eine unerträgliche Zunahme der Beschwerden und verlangten danach, wieder auf den Mond gebracht zu werden. Dieses Verlangen nahm gewöhnlich sehr schnell den Charakter einer neurotischen Sucht an, woraus sich der Name dieser Krankheit erklärt.

Schließlich stellte man fest, daß der Mondsucht lediglich eine zu weit getriebene, sozusagen über das Ziel hinausgeschossene Anpassung des Stabilisierungssystems zugrunde liegt, wonach es sich allmählich auf die Schwereverhältnisse des Mondes einspielt. Die Mediziner halten dies jedoch für einen labilen Zustand, der, von einer gemilderten Form des Mondrausches hin und wieder unterbrochen, möglicherweise nach einer bestimmten Zeit zu einer neuen

Krise oder zu einer dauernden Störung, einer Art chronischer Mondsucht, führen kann.
Howald also litt an der Mondsucht, ohne allerdings Symptome der sie gewöhnlich begleitenden seelischen Depression erkennen zu lassen, weshalb ihn der Arzt für ein medizinisches Wunder erklärte. Simin hingegen erklärte sich dieses Phänomen aus der ungewöhnlichen Selbstbeherrschung seines Mitarbeiters.
„Vor drei Wochen", erklärte Howald und blätterte in einer der Mappen, „beförderte das Skaphanderwerk Douglas in Cleveland einen Mann namens Callington mittels einer Rakete in eine Höhe von gut zweihundert Kilometern. Den Presseberichten zufolge soll er, nachdem er sich aus der Rakete herauskatapultiert hatte, wohlbehalten wieder auf der Erde angekommen sein, ohne einen Fallschirm oder andere konventionelle Bremshilfen benutzt zu haben. Die erforderliche Minderung der Fallgeschwindigkeit, so hieß es, sei allein durch die Beeinflussung der Gravitation erreicht worden."
„Obwohl die Experten auf diesem Gebiet das Problem der Minderung oder Aufhebung der Schwerkraft noch nicht für gelöst halten, wenigstens was die praktische Seite betrifft."
„So hieß es zur Zeit von Callingtons Skaphandersprung", gab Howald zu bedenken. „Soviel ich weiß, ist man drüben in Mirograd jetzt schon weiter."
Simin sprang wieder von einer Wand zur anderen, blieb plötzlich wie angewurzelt mitten im Raum stehen und rief: „Wenn hier ein Zusammenhang besteht, können wir uns auf einen sensationellen Fall gefaßt machen!"
„Ich sehe da keinen Zusammenhang", bekannte Howald.

„Und weshalb fordert uns der anonyme Briefschreiber auf, den Skaphandermann nicht aus den Augen zu lassen, sobald er nach Lunastadt kommt?"
„Etwa weil Callington von Douglas den Auftrag hat, bei Gelegenheit seines Aufenthaltes in Lunastadt einen Abstecher nach Mirograd zu machen?"
„Callington selbst wohl kaum", meinte Simin. „Für solche Geschäfte bedient man sich gewöhnlich anderer Leute."
„Aber weshalb will Douglas auf unlautere Art Unterlagen erwerben, die er bereits besitzt? Ohne sie wäre der Skaphandersprung doch unmöglich gewesen."

„Wili!"
„Whisky pur, mein Herr?"
„Woher wissen Sie . . .?"
„Als Sie voriges Jahr in Lunastadt waren, tranken Sie stets Whisky, wenigstens um diese Tageszeit. Ich erinnere mich noch an die Sorte."
„Erstaunlich!"
„Berufsgedächtnis."
„Wili!"
Ein anderer Gast, wohlbeleibt und rosigen Gesichts, winkte den Kellner jovial an seinen Tisch.
„Mein Töchterchen hat einen Wunsch an Sie."
Wili wandte sich der Kleinen zu. „Bitte sehr, mein Fräulein?"
Die Kleine wurde über und über rot und brachte kein Wort heraus. Ihr Vater begann laut zu lachen.
„Sie möchte selber etwas bestellen", erklärte er. „Aber sie ist so furchtbar schüchtern."
Der beleibte Herr lachte wieder laut auf, und sein schüchternes Töchterchen brachte noch immer kein Wort heraus. Wili reichte ihr die Karte, und sie tippte mit dem Finger auf eine Nachspeise.

Wili nahm zum Vergnügen der Kleinen die Bestellung in aller Form auf und eilte davon.
Obwohl das Hotel „Babylon“ nicht voll belegt war, herrschte im Restaurant Hochbetrieb, und Wili hatte alle Hände voll zu tun. Eben kam ein Trupp Selenographen hereingestolpert und suchte lärmend einen freien Tisch. Die rauhbeinigen Burschen schleppten ungeniert ihre Rucksäcke mit den herausragenden Spitzhacken in das hochelegante Restaurant mit herein und setzten sie, die Rucksäcke, als sie nach einigem Hin und Her endlich einen Tisch gefunden hatten, neben ihren Stühlen ab. Einige Gäste mokierten sich über das Benehmen der Selenographen, was von diesen mit Gelächter und noch ungenierterem Auftreten beantwortet wurde. Ihre schwere und oft nicht ungefährliche Arbeit, ihr gewöhnlich Monate dauernder Aufenthalt in einer der einsamen Außenstationen und die damit verbundene primitive und zugleich abenteuerliche Lebensweise hatte die aus den verschiedensten Weltgegenden zusammengewürfelten Leute zu recht verwegenen Gesellen gemacht. Sie fühlten sich als die wahren Herren des Mondes, auf dem ihres Erachtens außer ihnen niemand etwas zu suchen hatte. Lediglich den Mitarbeitern der Forschungsinstitute zollten sie einige Achtung, alle übrigen aber waren für sie ungebetene Gäste, die nur im Wege standen und Maulaffen feilhielten.
Der wohlbeleibte Herr schien jedoch anderer Meinung zu sein und forderte Wili auf, die lärmenden Selenographen zur Ordnung zu rufen. Wili kannte diese Leute jedoch gut genug und hütete sich, ihnen ein ermahnendes Wort zu sagen. Sie hätten ihn mitsamt dem beleibten Herrn unweigerlich vor die Tür gesetzt. Eben da kam eine Wolke vom Mondrausch befallener Touristen hereingeschwebt und wirbelte

in phantastischen Walzerschritten durch den Raum. Unvorsichtigerweise hatten die Leute auch noch Alkohol genossen, was dem Mondrausch eine besondere Note verlieh. Und da keiner von ihnen Trimmschuhe trug, flatterten sie wie aufgescheuchte Hühner umher, und man war versucht, sie mit dem Schmetterlingsnetz einzufangen. Vor allem ein baumlanger Schwarzer sprang wie ein Flaschenteufel auf und nieder, wobei er sich einem Brummkreisel gleich um sich selber drehte und bei jedem Sprung mit dem Kopf an die gut acht Meter hohe Decke zu stoßen drohte. Wie in solchen Fällen unvermeidlich, wurde ein Teil der übrigen Gäste vom Mondrausch angesteckt und schloß sich der Schwärmerei an. Andere wiederum, die sich zum erstenmal dieser Erscheinung gegenübersahen, flüchteten entsetzt aus dem Restaurant, unter ihnen auch der wohlbeleibte Herr. Sein schüchternes Töchterchen hatte er vor Schreck vergessen. Wili nahm sich der verängstigten Kleinen an und brachte sie in Sicherheit. Die erfahreneren unter den Gästen hatten indessen unter ihren Tischen Schutz gesucht. Allein die Selenographen blieben ungerührt auf ihren Stühlen sitzen und scherten sich nicht weiter um das groteske Treiben, außer daß sie diese oder jene abschätzige Bemerkung machten oder einen der über ihren Tisch hinwegschwebenden Touristen am Bein schnappten und mit einem kräftigen Schlenker in Richtung Tür beförderten.
Die Darstellung dieser Vorgänge im Restaurant des Hotels „Babylon“ könnte dazu verleiten, den Mondrausch ernster zu nehmen, als er ist. In Wahrheit handelt es sich um eine harmlose Erscheinung, die mehr Vergnügen und Erheiterung als ernste Folgen mit sich bringt. Auch dauerte der Zwischenfall nicht so lange, wie seine Beschreibung vermuten lassen

könnte. Vielmehr war das darauf geschulte Hotelpersonal schnell bei der Hand und fing die umherflatternden Touristen nebst angesteckten Gästen ein und brachte sie in einen Nebenraum, wo man ihnen ein Niederschlagmittel verabreichte. Allein der baumlange Schwarze war nicht so leicht zu fangen und machte einige Schwierigkeiten. Endlich hatte man aber auch ihn an den Beinen gekriegt und in den Nebenraum gezogen, wo er mit einer doppelten Dosis bedacht wurde. So hatte der Spuk im Handumdrehen sein Ende gefunden, und nur die unter ihren Tischen hervorkriechenden restlichen Gäste, einige umherliegende Kleidungsstücke und umgestürztes oder zu Boden gefallenes Geschirr erinnerten daran, daß der Spuk Wirklichkeit gewesen war. Scherben gab es nicht, denn auf dem Mond ging selten etwas entzwei.

Der Zwischenfall hatte Wili der Aufgabe, den wohlbeleibten Herrn und die Selenographen in ein verträgliches Verhältnis zu setzen, für diesmal enthoben. Und da sein Dienst eben jetzt zu Ende war, entschloß er sich, sogleich seinen vor wenigen Stunden angelangten jungen Kollegen zu begrüßen. Auf dem Wege dahin kam er an der Rezeption vorbei, wo sein Blick auf eine Dame fiel, die sich gerade anmeldete. Wili blieb wie gebannt stehen. Er hatte in seinem Beruf schon manches gesehen, insonderheit während seiner Tätigkeit in Lunastadt, wo sich die Prominenz der Erde ein Stelldichein gab. Doch solch eine Frau war ihm in seinem ganzen Leben noch nicht begegnet. Dabei wirkte sie eher schlicht denn auffallend. Es war ihre vollkommene Natürlichkeit, deren Zauber ihn gefangennahm. Das ist das Ende, sagte er sich, fang also gar nicht erst an. Wili hatte eben erst eine unglückliche Liebe hinter sich und daher keinen Bedarf auf eine zweite. Und daß er bei dieser Frau kein Glück haben würde, sah er auf den ersten Blick. Immerhin war er um beinahe einen Kopf kürzer als sie. Also setzte er seine Beine wieder in Bewegung. Als er an ihr vorbeiging, wurde sie von einem Manne angesprochen, den Wili als einen Hotelgast erkannte, der bereits mehrere Tage im „Babylon" logierte und wie ein italienischer Sportsegler aussah. Er kam jedoch aus Nordamerika und gab sich als Journalist aus. Er schien seinen Urlaub hier zu verbringen, denn er saß entweder müßig in der Hotelbar herum oder unternahm, wie die anderen Urlauber auch, Ausflüge in die nähere und weitere Umgebung. Genaueres wußte jedoch keiner über ihn zu sagen.

Außer dem „Babylon" hatte Lunastadt noch einige kleinere Hotels, unter diesen das sogenannte Kurhaus. In ihm herrschte ständig eine Atmosphäre lautloser Langeweile, da es fast ausschließlich von Leuten benutzt wurde, die von ihren Ärzten auf den Mond geschickt worden waren. Und kranke Leute, noch mehr aber solche, die sich dafür halten, bedürfen nun einmal der größten Stille, weshalb sie jeden, der Lärm verträgt, der Kerngesundheit für überführt halten. Und da sich keiner diesen Vorwurf zuziehen wollte, herrschte im Kurhaus ungeheure Stille. Und der Stillste von allen war Alfried Listen, weshalb er für besonders krank galt. Weiter wußte man allerdings nichts über ihn zu sagen, außer daß er an einer Kehlkopfentzündung leide. Folglich sprach er stets mit flüsternder Stimme, und man kam nur mühsam mit ihm in ein Gespräch, das einigen Aufschluß über ihn hätte geben können. Hin und wieder unternahm er einen längeren Spaziergang, und zu einem solchen machte er sich soeben auf den Weg.

2.

Wer auf dem Mond unterwegs ist, benutzt für gewöhnlich die von Lunastadt zu den verschiedenen Außenstationen führenden Züge, in deren hermetisch abgeschlossenen Waggons sich eine den irdischen Verhältnissen entsprechende Atmosphäre befindet. In den Außenstationen bewegt man sich, wie auch in Lunastadt selbst, innerhalb der ebenfalls mit künstlicher Atmosphäre gefüllten tunnelartigen, weitgehend unterirdisch angelegten Straßen. Will einer jedoch seiner eigenen Wege gehen, muß er sich noch immer des Raumanzuges bedienen, da das Problem der sogenannten freien Atmosphäre noch nicht gelöst ist. Die Forschungen in Mirograd lassen jedoch hoffen, daß über kurz oder lang die Voraussetzungen geschaffen sein werden, die Schwereverhältnisse eines bestimmten Bereichs und sogar eines ganzen Himmelskörpers zu verändern. Auf diesem Wege könnte auf dem Mond eine künstliche Atmosphäre mit einer den irdischen Verhältnissen entsprechenden Dichte aufgelagert werden, während bei der jetzigen geringen Anziehungskraft des Mondes sich die Luft buchstäblich verdünnisieren und der Mensch nicht genügend Sauerstoff in ihr finden würde. Allerdings erfordert diese „Vermenschlichung" des Mondes die Erzeugung einer ungeheuren Menge von künstlicher Atmosphäre. Und bis darüber entschieden sein wird, ob sich der Aufwand auch lohnt, kann noch einige Zeit vergehen; und so lange muß, wie gesagt, jeder sich des althergebrachten Raumanzuges bedienen, wenn er seiner eigenen Wege gehen will.
So auch Alfried Listen. Und so auch der wie ein italienischer Sportsegler aussehende nordamerikanische Journalist, der wie jener seiner eigenen Wege ging.

Und als sich beider Wege an einer vor Jahren aufgegebenen und inzwischen verfallenen Außenstation kreuzten, schienen sie sich darüber nicht weiter zu wundern, sondern traten ohne weiteres in die Station ein, die im Unterschied zu den moderneren lediglich aus einem einzigen Gebäude bestand, dessen Inneneinrichtung jedoch noch einigermaßen in Ordnung war, wenigstens was die Sitzgelegenheiten betraf. Der Atmosphärostat funktionierte allerdings nicht mehr, weshalb sie ihre Raumanzüge anbehalten mußten. Sie nahmen jetzt in den bequemen Sesseln Platz.
„Ist sie eingetroffen?" eröffnete Listen das Gespräch, das mittels der in den Raumanzügen eingebauten Nahfunkgeräte geführt wurde.
„Vor zwei Stunden", entgegnete der Journalist.
„Unter welchem Namen hat sie sich angemeldet?" fragte Listen weiter.
„Als Margrit Messmer."
„Messmer ist der Mädchenname ihrer Mutter?"
„Ja."
„Und in ihren Papieren, steht da nicht Douglas drin, ihr richtiger Name?"
„Wer fragt hier schon nach Papieren?"
„Na schön." Listen schien zufriedengestellt. „Hoffentlich macht sie ansonsten keinen Fehler, sie soll sehr eigenwillig sein."
Der Journalist lächelte. „Sie sieht sehr gut aus. Ich werde mich in sie verlieben, da ist es nur natürlich, wenn ich dauernd um sie herum bin. Niemand wird etwas Auffälliges daran finden, und ich behalte sie immer im Auge."
Jetzt lächelte auch Listen. „Legen Sie sich nur nicht zu sehr ins Zeug. Verliebte Leute sind ein Kreuz. Und sobald Callington hier auftaucht, muß alles wie am Schnürchen laufen."

„Wer ist bloß auf die verrückte Idee gekommen, den Mann auf den Mond zu schicken?"

„Der Rummel, der um ihn gemacht werden wird, ist für uns die beste Gelegenheit, unbeachtet zu bleiben und unser Unternehmen ungefährdet zu Ende zu bringen."

„Wenn Callington durchhält", gab der Journalist zu bedenken. „Er soll mit den Nerven ziemlich runter sein."

„Das ist unsere Sorge nicht."

„Aber es kann unser Pech sein."

„Der alte Douglas ist ein schlauer Fuchs, das wissen Sie so gut wie ich. Wäre er sonst der reichste Mann der Welt? Und daß sein letzter Coup auch sein bester sein wird, dürfte wohl außer Zweifel stehen."

Mit dieser Feststellung verabschiedete sich der eine vom andern, und beide gingen wieder ihrer eigenen Wege.

„Ich hätte mich sicherlich auch unter dem Tisch verkrochen." Jochen Rockhaus legte das letzte Wäschestück in den Schrank, schloß die Tür und wandte sich Wili zu. „Wir machen auf der Erde unsere Witze über den Mondrausch. Daß er aber solche Ausmaße annehmen kann, hätte ich nicht gedacht."

„Das war heute noch gar nichts", sagte Wili. „Einmal hatten wir eine Rugbymannschaft hier. Sie war zu einer Tournee auf den Mond gekommen. Als die Kerle vom Mondrausch befallen wurden, haben sie die gesamte Inneneinrichtung des Restaurants zerlegt. Und da wir damals noch kein Mittel gegen den Mondrausch hatten, wußten wir nicht, wie wir ihnen beikommen sollten. Schließlich haben wir Tischtücher über sie geworfen und sie so lange mit kaltem Wasser begossen, bis sie sich ausgezappelt hatten."

„Über Mangel an Abwechslung kann man hier also nicht klagen."
„Im Gegenteil." Wili trat ans Fenster. „Sieh dir mal das Panorama an. Die Sonne hat auf dem Mond ein ganz anderes Aussehen, ihr Licht ist gleißender und wirft scharfkantige Schatten. Die Architektur der Mondstädte erscheint uns fremd, als wären sie von Menschen anderer Sterne erbaut. Dazu die dicke Kugel der Erde, die immer an der gleichen Stelle des Horizontes hockt. Und schließlich die geringe Anziehungskraft des Mondes, die unseren körperlichen Bewegungen eine spielerische Leichtigkeit verleiht. All das hat etwas Unwirkliches, Traumhaftes an sich. Es versetzt den Menschen in einen Zustand, der ihm ganz und gar ungewohnt ist. Und plötzlich zeigt er völlig neue Eigenschaften und scheint ein ganz anderer zu sein. Und du stehst da und weißt nicht, wie du dich ihm gegenüber verhalten sollst. Natürlich", schränkte Wili ein, „verliert der Mensch nicht sein auf der Erde gewordenes Wesen, und die Erfahrungen, die wir dort gemacht haben, sind letzten Endes auch hier anwendbar. Aber im ersten Augenblick bist du ganz schön überrascht und glaubst an Zauberei."
„Da kann ich ja auf einiges gefaßt sein."
Jochen Rockhaus hatte seine Verärgerung darüber, daß er im „Babylon" als Liftboy anfangen sollte, gänzlich vergessen.
„Und du selbst, hast du an dir auch schon etwas Derartiges erlebt?"
Wili lächelte. „Bis jetzt nicht, es gibt ja auch Ausnahmen. Verlaß dich aber nicht darauf, man kann da nie ganz sicher sein."

Simin lief aufgeregt im Zimmer umher, riß den Vorhang vor dem Fenster auf und zog ihn im nächsten

Augenblick wieder zu, setzte sich hinter seinen Schreibtisch und sprang wieder auf.

„Mit einem Wort: wir sind keinen Schritt weitergekommen."

„Die Situation in den USA ist für unsere Begriffe ein wenig eigenartig", entgegnete Howald.

„Wenn sie nicht eigenartig wäre, gäbe es nicht den Fall Douglas."

„Das ist auch wieder wahr", gab Howald zu.

„Also: welche spezifischen Möglichkeiten hat ein Mann wie dieser Douglas gegenwärtig in den USA?"

„Politische?"

„Ja."

„Nicht die geringsten, was die Restauration der alten Verhältnisse anbetrifft. Die revolutionäre Umgestaltung ist bereits zu weit fortgeschritten, um rückgängig gemacht werden zu können. Die paar restlichen Privatunternehmer sind ein verlorenes Häuflein, das keine Gefahr darstellt. Eben deshalb hat man es wohl nicht so eilig damit, sie auszuschalten. Und überdies ist man ihnen verpflichtet. Ich habe über die wichtigsten von ihnen Erkundigungen eingeholt. Sie haben sich alle am Kampf gegen das alte Regime beteiligt. Als das imperialistische System in den USA durch die fortschreitenden revolutionären Umwälzungen in der Welt in die Enge getrieben war, versuchte eine extrem militaristische Clique die Weltgeschichte durch einen Krieg zu korrigieren. Vor diesem selbstmörderischen Wahnwitz schreckten aber selbst einige Großkapitalisten zurück. Und da sie allein nichts ausrichten konnten, verbanden sie sich mit der progressiven Volksbewegung. Douglas selbst hat die revolutionären Kampfeinheiten weitgehend technisch ausgerüstet. Damit macht er noch heute Reklame."

„Das hatte er wohl seinerzeit schon einkalkuliert."

„Ein Mann mit kluger Voraussicht."
„Das ist es!" rief Simin.
„Ich verstehe nicht." Howald hatte noch immer mit der Mondsucht zu kämpfen, und es fiel ihm schwer, Simins Gedankensprüngen zu folgen.
„Wir kennen", erklärte Simin, „aus unserer Vergangenheit vor allem eine Art von Kapitalisten, nämlich solche, die ihr Heil in der Wiederherstellung der alten Verhältnisse suchten. Das ist heute, wo es kein kapitalistisches Land mehr gibt, sondern nur noch ein paar einzelne Kapitalisten, absolut aussichtslos geworden, wie Sie eben selber festgestellt haben. Also versuchen die paar übriggebliebenen Herrschaften ihr Geschäft nicht mit der Vergangenheit, sondern mit der Zukunft zu machen."
„Fragt sich nur, auf welche Weise."
„Auf ihre", sagte Simin. „Welche Auskunft haben Sie vom Dokumentationszentrum in Dresden erhalten?"
„Das DZD kann nur die Informationen geben, die es empfangen hat", sagte Howald, der sich gegen den Türrahmen lehnte und gegen ein Gähnen ankämpfte. Da er sich nicht sicher war, ob er es auf die Dauer unterdrücken konnte, hielt er die Hand in der Nähe des Mundes bereit. „Die Firma Douglas, heißt es, habe sich vor Jahren intensiv mit dem Problem der Gravitation befaßt und sei zu beachtlichen Ergebnissen gelangt."
„Aber so weit, um das Experiment mit dem Skaphandermann machen zu können, war sie doch keinesfalls."
Howald ließ die Hand ein wenig sinken, brachte sie jedoch sogleich wieder in die Nähe des Mundes. „Das DZD hält es nicht für wahrscheinlich, selbst dann, wenn Douglas die Forschungen nicht unterbrochen hätte. Es hält es aber auch nicht für ausgeschlossen."

„Was sollen wir damit anfangen: nicht wahrscheinlich, aber auch nicht ausgeschlossen!"
Simin riß den Vorhang, der wieder einmal bis auf den schmalen Spalt geschlossen war, hastig auf und blinzelte in das grelle Licht.
Howald ließ die Hand sinken und gähnte ausgiebig und ungeniert. Als sich Simin umdrehte, nahm er die Hand vor den Mund und sagte: „Ich werde einmal in New Jackson herumhorchen. Dort soll ein ehemaliger Mitarbeiter von Douglas beschäftigt sein, der sicherlich Genaueres weiß."
„In New Jackson? Dort arbeitet man doch überhaupt nicht an der Gravitation."
Howald hatte die Hand wieder in der Nähe des Mundes. „Das nicht. Der Mann hat vermutlich umgesattelt."
Simin nickte. „Also fahren Sie hin. Wie heißt der Mann?"
„Burton."
Die riesige Halle, die das gesellschaftliche Zentrum von Lunastadt bildete, bestand aus einer gläsernen Halbkugel, weshalb sie allgemein das Planetarium genannt wurde, und hatte einen Durchmesser von annähernd zweihundert Metern. An der einen Längsseite des inmitten der Halle angelegten Sportplatzes befand sich ein Schwimmbassin, während an der anderen Längsseite, mithin dem Bassin gegenüber, eine Tribüne errichtet worden war. Um diese Anlage herum führten Laubengänge, in denen zu der frühen Stunde dieses Tages nur wenige Menschen lustwandelten. Auch im Schwimmbassin tummelten sich nur einige Unentwegte, während der Sportplatz wie ausgestorben dalag. Lediglich ein kaum zehnjähriger Knirps drehte unverdrossen seine Runden auf der Aschenbahn, wobei er ein furchtbar ernsthaftes Ge-

sicht machte und nur hin und wieder auf die an der Tribünenblende angebrachte Stadionuhr blickte.
Margrit Messmer blieb eine Weile unentschlossen am Rande des Sportplatzes stehen und beobachtete ohne viel Hingabe den einsamen Läufer. Schließlich nahm sie einen Block aus ihrer Tasche und warf mit flüchtiger Hand eine Skizze auf das Papier. Als Fotografin und Pressezeichnerin machte es ihr keine Schwierigkeit, Anlage und Einrichtung der Halle mit wenigen, schnellen Strichen zu erfassen. Allein die Tribüne führte sie bis ins Detail aus, der Sportplatz hingegen wurde nur angedeutet, und der kleine Junge war auf der Zeichnung überhaupt nicht zu sehen. Nicht einmal ein Strich oder auch nur ein Punkt stand für seinen kindlichen Eifer. Er war einfach nicht da, als gäbe es ihn nicht. Nicht die Spur. Der Kleine ahnte nichts von seinem Nichtvorhandensein und drehte seine Runden unverdrossen weiter.
Margrit Messmer wollte den Block in die Tasche stecken, als sich eine Hand auf ihre Schulter legte. Sie verhielt einen Augenblick in ihrer Bewegung, schob dann den Block vollends in die Tasche und wandte sich langsam um. Hinter ihr stand der Journalist, ein gewinnendes Lächeln auf seinem gebräunten Gesicht.
„Oh, Herr Hardy! Ich dachte nicht, daß Sie ebenfalls Frühaufsteher sind."
Der Journalist hob amüsiert die Schultern. „Ihr Vater war so freundlich, mir einige Andeutungen über Ihre Gepflogenheiten zu machen. Also wußte ich, daß Sie mit dem ersten Hahnenschrei aus den Federn steigen."
„Und woher wußten Sie, daß ich ins Planetarium gehen würde? Das hat er Ihnen doch wohl nicht gesagt."
„Wie konnte er?" Hardy nahm endlich die Hand von

ihrer Schulter. „Das hat mir mein Instinkt als Journalist gesagt. Von Verbrechern heißt es, sie kehren an den Ort der Tat zurück. Ein guter Journalist hingegen sollte vor der Tat an Ort und Stelle sein."
Die selbstgefällige Art Hardys mißfiel Margrit Messmer. Sie wandte sich brüsk ab und schritt einen der Pfade entlang, die durch die parkähnlichen Anlagen führten. Der Journalist folgte ihr, als habe er ihre abweisende Geste nicht bemerkt, und ließ sich, als sie auf einer Bank Platz nahm, neben ihr nieder. Sie schauten eine Weile schweigend auf den vor ihnen befindlichen kleinen Teich, der mit exotischen Zierfischen besetzt und von biederen irdischen Tannen und etwas weniger biederen, aber nicht minder irdischen Kiefern umgeben war. Auch die übrigen Anlagen des Planetariums bestanden aus solchen Ensembles, in deren Mitte jeweils ein kleiner Teich oder ein Springbrunnen angelegt war. Die Ensembles wiederum wurden durch romantisch gestaltete Laubengänge miteinander verbunden.
Margrit Messmer schien ganz in den Anblick des Wassers und der darin umherschwimmenden Fische vertieft zu sein. Der Journalist wurde allmählich ungeduldig; er wußte nicht, wie er aus der verschwiegenen Situation herauskommen sollte.
„Ihr Vater", begann er endlich, „hatte sicherlich seine Gründe, als er mich bat, mich in Ihrer Nähe und zu Ihrer Verfügung zu halten. Vermutlich rechnet er damit, daß Callingtons Besuch in Lunastadt nicht ohne Zwischenfälle verlaufen wird."
„Zwischenfälle?" Margrit Messmer lächelte spöttisch. „Wer sollte daran interessiert sein, wenn nicht mein Vater selbst? Er scheint es auf seine alten Tage geradezu darauf abgesehen zu haben, um jede seiner Unternehmungen einen Haufen Staub aufzuwirbeln. Und

daß er so eifrig darum bemüht war, Callington hier im Planetarium zur Schau zu stellen, deutet darauf hin, daß er sich diesmal noch zu übertreffen beabsichtigt."
„Wenn er Staub aufwirbeln will", meinte Hardy, „so ist der Mond gerade der richtige Ort."

Jochen Rockhaus stand reichlich verlegen vor der Tür zum Fahrstuhl. Zwar hatte er schon einige Hotelgäste hinauf- und herabbefördert, und die Bedienung der Anlage war kinderleicht; trotzdem kam er sich wie ein dummer Junge vor, der sich selber im Wege herumsteht. Den Rest hatte ihm das Trinkgeld gegeben, das ihm einer der Gäste in die Hand drücken wollte. In Europa war diese Sitte längst aus der Mode gekommen. Doch auf dem Mond gab es noch Trinkgelder. Jochen fand das empörend und hatte die Annahme energisch verweigert. Es ist eine Schande für den Trabanten, dachte er, eine ungeheuerliche Schande! Eben da fühlte er ein Geldstück in der Hand. Erschrocken schaute er auf und sah vor sich den Journalisten stehen, neben diesem aber Margrit Messmer.
„Siebzehnte Etage", sagte Hardy.
Der Journalist trat in den Lift. Jochen Rockhaus stand wie angewurzelt. Er starrte auf die Frau, drehte sich plötzlich um und gab Hardy das Geld zurück.
„Was ist?" fragte Hardy, „funktioniert der Lift nicht?"
„Der Lift schon", sagte Jochen.
Margrit Messmer lachte hell auf. Dann trat sie in die Kabine.
Jochen folgte ihr und drückte auf den Knopf. „Siebzehnte Etage?"
Hardy schob das Geldstück in die Tasche. „Wenn es Ihnen nichts ausmacht."
„Es macht mir nichts aus."

Jochen blickte auf die Frau. Margrit lächelte ihm zu und kniff ein Auge ein wenig ein. Jochen verspürte ebenfalls ein Zucken im Gesicht. Es war ohne seinen Willen geschehen, unwillkürlich. Hoffentlich hat sie nicht bemerkt, daß ich ihr wieder zugezwinkert habe, dachte Jochen und bekam einen roten Kopf. Margrit lachte wieder hell auf. Doch statt noch verlegener zu werden, fand Jochen jetzt seine Sicherheit zurück. Als die siebzehnte Etage erreicht war, sagte er gelassen: „Siebzehnte Etage" und „Bitte, mein Fräulein."
Als sie schon einige Schritte den Gang entlang gegangen waren, fragte Hardy: „Woher weiß er, daß wir nicht miteinander verheiratet sind?"
„Wie kommen Sie darauf?"
„Er hat Fräulein zu Ihnen gesagt."

Howald und Wili saßen an einem Tischchen in der Hotelbar. Wili hatte dienstfrei, Howald nicht.
„Messmer also", sagte Howald. „Sie haben sich nicht verhört?"
„Ich stand zwei Schritte daneben, als der Journalist sie mit ihrem Namen rief."
„Wissen Sie, ob er sie als Frau oder Fräulein ansprach?"
„Sie ist unverheiratet", entgegnete Wili mit Bestimmtheit.
Howald lächelte. „Sie haben einen Blick dafür, wie?"
„Von Berufs wegen", sagte Wili und lächelte ebenfalls. „Ein Kellner kann in die peinlichste Verlegenheit kommen, wenn er sich im Familienstand einer Frau versieht."
„Kann ich mir vorstellen. Und dieser Journalist . . ."
„Gibt vor, seinen Urlaub hier zu verbringen. Ich glaube jedoch nicht daran. Jedenfalls hat er Margrit Messmer hier erwartet, das konnte ich an seinem Be-

nehmen feststellen. Merkwürdigerweise macht er seitdem seine einsamen Ausflüge beinahe jeden Tag."
„Und immer zur gleichen Zeit?"
„Ja."
„Ich danke Ihnen, Herr Abaschwili."
Howald erhob sich und schleppte sich mühsam davon.

Das Kurhaus war von einem kleinen Park umgeben, dessen Mittelpunkt ein Brunnen bildete. Das heilkräftige Wasser sprudelte etwa zwei Meter hoch und fiel in ein ovales Becken. Die rings um den Brunnen aufgestellten Bänke waren nur spärlich besetzt. Alfried Listen fand ohne Mühe eine leere Bank und ließ sich zufrieden nieder. Er hatte keine Lust, in ein Gespräch gezogen zu werden, das Reden strengte ihn an. Er hatte jedoch kaum Platz genommen, als eine erschreckend altmodisch gekleidete Dame direkt auf ihn zusteuerte. Es war Mrs. Haddock, eine heute morgen angekommene Engländerin. Doch Listen hatte sie schon zur Genüge kennengelernt und verspürte nicht übel Lust, wieder aufzustehen, um ihrem lästigen Geschwätz zu entgehen. Doch da stand sie schon vor ihm und bat mit quäkender Stimme um Erlaubnis, neben ihm Platz nehmen zu dürfen.
„Bitte", sagte Listen mit einem gequälten Lächeln, „wenn Ihnen meine Schweigsamkeit nicht mißfällt."
„Oh, wo denken Sie hin!" rief Mrs. Haddock. „Ich finde schweigsame Menschen wundervoll."
Sie setzte sich ans andere Ende der Bank, drückte ihr ohnehin zu weit vorn sitzendes Hütchen noch weiter in die Stirn, so daß der Halbschleier bis über die Nase reichte, und faltete ihre knochigen Hände im Schoß.
„Der Brunnen soll erstaunlich heilkräftig sein", begann sie. „Nehmen Sie regelmäßig davon?"

„Nein."
„Sie sind Skeptiker?"
„Vielleicht."
„Aber an irgend etwas muß der Mensch doch glauben. Sehen Sie, ich habe immer daran geglaubt, daß mir mein Mann treu ist. Also konnte er seine Liebschaften haben, ohne von meiner Eifersucht gequält zu werden, und er hatte keinen Grund, sich scheiden zu lassen. Sind Sie geschieden?"
„Ich habe niemals geheiratet."
„Weil Sie ein Skeptiker sind."
„Vielleicht."
„Ein Skeptiker ist sich selber der ärgste Feind, weil er an nichts Freude hat, wenn er an nichts glaubt." Sie strich ihr ohnehin glattes Kleid noch glatter und faltete die Hände wieder im Schoß. „Sehen Sie, wenn da in der Zeitung steht, daß dieser Callington heil auf der Erde angekommen ist, ohne einen Fallschirm oder so was benutzt zu haben, dann glaube ich das auch und habe meine Freude daran. Als Skeptiker hingegen würde ich sagen, die Firma Douglas ist zu solch einem Experiment gar nicht in der Lage, und der alte Douglas hat uns hinters Licht geführt. Und meine ganze Freude wäre mir verdorben."
Listen konnte seine Erregung kaum verbergen. Die alte Haddock wurde ihm unheimlich. Wie kam sie von den Liebschaften ihres Mannes so plötzlich auf Callington? Er blickte sie prüfend an, doch ihr häßliches und beinahe ein wenig blöd wirkendes Gesicht beruhigte ihn. Und als er ihr antwortete, hatte er sich wieder in der Gewalt.
„Ich muß Ihnen recht geben", sagte er mit flüsternder Stimme, „ein Skeptiker nimmt sich nicht nur die Freude an allem, er hat auch keinen Unternehmungsgeist, weil er niemals an einen Erfolg glaubt."

Mrs. Haddock nickte eifrig, nestelte an ihrer Handtasche herum, holte einen Becher hervor und ging die paar Schritte zum Brunnen hin. Nachdem sie den Becher gefüllt und sorgsam ausgetrunken hatte, wobei sie den Schleier mit der linken Hand ein wenig anhob, kam sie zurück und setzte sich wieder zu Listen, diesmal ein wenig näher. Den Becher brachte sie umständlich in dem Täschchen unter.
„Sehen Sie" begann sie neuerlich, „seit mein Mann gestorben ist, reise ich viel in der Welt umher. Da lernt man viele Menschen kennen, und mit der Zeit begegnet man überall nur noch Bekannten. Auch hier in Lunastadt. Ich war kaum angekommen, schon treffe ich die kleine Messmer. Was sagen Sie dazu?"
Listen fuhr wie von der Tarantel gestochen hoch und blieb einen Augenblick wie gebannt stehen. Ein seltsames Gefühl in den Beinen zwang ihn schließlich, sich wieder zu setzen. Mrs. Haddock schien von alldem nichts bemerkt zu haben. Bei ihrer Geschwätzigkeit war es ihr gleichgültig, was in ihrem Gesprächspartner vorging.
Als Listen sich eben wieder beruhigt hatte, fuhr die alte Dame fort: „Ich habe mich nicht wenig darüber gewundert, daß sie jetzt einen anderen Namen trägt. Vermutlich hat sie geheiratet, meinen Sie nicht auch? Wie hieß sie doch gleich mit ihrem Mädchennamen? Es ist schlimm, in letzter Zeit wird mein Gedächtnis immer schlechter. Dabei war es ein ziemlich bekannter Name."
Mrs. Haddock sah Listen fragend an, als ob ihm der gesuchte Name im Gesicht geschrieben stünde. Nicht die Nerven verlieren, sagte sich Listen, um Gottes willen jetzt nicht die Nerven verlieren. Trotz dieses Vorsatzes befiel ihn eine panische Angst, und er wäre

gewiß auf und davon gesprungen, wenn die Schwäche in den Beinen nicht gewesen wäre.
„Jetzt hab ich ihn!" rief Mrs. Haddock. „Douglas! Wie konnte ich den Namen nur vergessen? Wo doch die Firma, die den Callington hochgeschossen hat, den gleichen Namen trägt. Ob die Messmer mit dem alten Douglas verwandt ist? Was glauben Sie?"
Sie sah Listen wieder mit ihrem ein wenig blöden Gesicht fragend an. Da hielt er es nicht mehr aus. Er erhob sich schwankend, als ob er sich jeden Augenblick übergeben müsse, und stolperte mit immer schneller werdenden Schritten davon. Mrs. Haddock schüttelte verwundert den Kopf und murmelte vor sich hin, daß manchen Leuten der Aufenthalt auf dem Mond nicht gut zu bekommen scheine.

3.

Der Bürgermeister von Lunastadt stand unter dem Zenit des Planetariums, also genau in der Mitte des Sportplatzes, und rief durch ein Megaphon seine Anweisungen in Richtung der Tribüne, wo einige Leute damit beschäftigt waren, Girlanden und Transparente anzubringen. Lunastadt bereitete sich auf den Empfang Callingtons vor.
„Das große Transparent ein wenig höher!" rief das Stadtoberhaupt, „und die beiden kleinen weiter auseinander! Halt, so ist es gut!"
Der recht füllige Mann mit dem pausbäckigen Gesicht ließ das Megaphon sinken und wischte sich mit einem Taschentuch über die weithin leuchtende Glatze. Es war nicht die Aufregung, die ihn in Schweiß brachte, Empfänge wie dieser berührten ihn kaum, sie gehörten zum Alltagsleben in Lunastadt, wo

alle naslang ein Prominenter der Erde auftauchte und sich im Planetarium feiern ließ. Und wenn der Bürgermeister in Person sich damit befaßte, dann nur, um aus seinem Büro herauszukommen und sich ein wenig Bewegung zu verschaffen, denn er litt seit Jahren an der chronischen Mondsucht. Daher lehnte er es auch ab, auf die Erde zurückzukehren, denn dort würde er, der irdischen Anziehungskraft nun einmal entwöhnt, aus dem Schwitzen überhaupt nicht mehr herauskommen.
„Und jetzt die Girlanden!" rief er, nachdem er das Taschentuch fortgesteckt und das Megaphon wieder vor den Mund genommen hatte. „Eine Reihe genügt! Falls die Geschichte wirklich ein Schwindel ist, sind wir mit einer Reihe blamiert genug!"
Niemand konnte erklären, wieso sich in Lunastadt mit einemmal die Meinung verbreitet hatte, daß es bei Callingtons Skaphandersprung nicht mit rechten Dingen zugegangen sei. Dem Bürgermeister war nicht ganz wohl in seiner Haut, hatte er doch während seiner Amtszeit auf dem Mond schon manche Überraschung erlebt. Es war noch keine zwei Jahre her, als die Sache mit dem sogenannten Extrasolaren passierte. Eines Tages tauchte in Lunastadt ein Mann auf, kaum einen Meter groß und nur mit einem Auge mitten in der Stirn, der seinem ganzen Benehmen nach von einem Planeten außerhalb des Sonnensystems auf den Mond geraten sein mußte, denn er sprach keine der irdischen Sprachen, suchte sich durch merkwürdige Zeichen verständlich zu machen und verblüffte alle durch seine unwahrscheinlichen körperlichen Fähigkeiten. Die Sensation war perfekt: entgegen allen Erwartungen mußte also doch in verhältnismäßig geringer Entfernung vom Sonnensystem ein von menschlichen Wesen bewohnter Planet exi-

stieren. Die Nachricht verbreitete sich in Windeseile um die ganze Welt. Die tollsten Theorien entstanden, wurden wieder verworfen und von neuem aufgestellt; der Mond erlebte eine Invasion von Neugierigen, die aus allen Ländern der Erde kamen. Die Aufregung war unbeschreiblich, der ganze Mond stand kopf. Darauf war er nicht eingerichtet, und ein Chaos drohte auszubrechen. Da erschien ein mürrischer Mann in mittleren Jahren und verlangte den Extrasolaren zu sehen. Und sobald der den mürrischen Mann erblickte, wurde er von einer schrecklichen Angst gepackt und lief eiligst davon. Als er schließlich gestellt und zurückgebracht worden war, fand er unversehens die Sprache wieder und gab kleinlaut zu, ein entlaufener Artist zu sein. Der mürrische Mann aber wies sich als Direktor eines kleinen Zirkus aus, in welchem der einäugige Zwerg auf Grund seiner körperlichen Mißbildung jahrelang eine makabre Nummer dargestellt hatte. Da er die Erniedrigung nicht mehr ertrug, hatte er sich davongemacht und war als blinder Passagier auf den Mond gelangt, wo er wenigstens einmal im Leben die große Nummer hatte sein können.
Der Bürgermeister dachte nicht ohne ein Gefühl der Heiterkeit an dieses Vorkommnis, was allerdings nicht bedeutete, daß er dergleichen noch einmal erleben wollte. Daher trugen die Gerüchte um Callington nicht gerade zu seiner guten Laune bei, und noch weniger der Umstand, daß diese Gerüchte das Interesse an dem Mann bis zu einem Grad steigerten, der Schlimmeres befürchten ließ.
„Weg mit dem ganzen Zeug!" rief der Bürgermeister plötzlich. „Packt die Transparente und Girlanden wieder ein! Wenn es soweit ist und es bleibt dabei, können wir den Krempel immer noch dranhängen."

Die Leute nahmen kopfschüttelnd die Transparente und Girlanden von den Haspen und schleppten sie in einen Abstellraum unterhalb der Tribüne. Das Stadtoberhaupt aber wischte sich noch einmal mit dem Taschentuch über die Glatze und ging davon. Das Megaphon hatte er vergessen. Es blieb allein in der Mitte des großen Platzes zurück.

Jochen Rockhaus wollte eben mit dem Lift nach unten fahren, als er seinen Namen hörte. Er wandte sich um: vor ihm stand Margrit Messmer.
„Sie haben nach mir gerufen?"
Margrit lächelte: „Ich habe eine Bitte. Ich möchte mich ein wenig auf dem Mond umsehen, auch außerhalb der Stadt. Wollen Sie mich, wenn es Ihre Zeit erlaubt, begleiten? Es würde mir mehr Spaß machen, als wenn ich allein herumlaufe."
„Aber ..." Jochen war so verblüfft, daß er nicht gerade ein geistreiches Gesicht machte. „Aber Herr Hardy", sagte er dann, „kennt sich doch besser aus, er hält sich hier schon längere Zeit auf. Und außerdem ..."
Margrit Messmer winkte ab. „An wen würden Sie sich an meiner Stelle wenden! An Herrn Hardy oder an Sie?"
Jochen schaute mit einem Schlage intelligenter drein. „Wenn Sie so fragen –"
Die beiden lachten, schauten sich an und lachten noch ausgelassener.
„Abgemacht?" fragte Margrit.
„Abgemacht!"

Der Weg zu der verlassenen Außenstation fiel Alfried Listen diesmal merkwürdig schwer. Nachdem er dem Zug entstiegen und einige Schritte zu Fuß gegangen war, blieb er erschöpft stehen und machte sich Gedanken. Hatte ihn die Mondsucht, von der er bisher verschont geblieben war, heimgesucht? Oder war ihm diese komische alte Engländerin in die Knochen gefahren? Oder was sonst? Er schüttelte seinen benommenen Kopf, der immer benommener wurde und endlich dermaßen durcheinander war, daß es Listen am klügsten dünkte, umzukehren und für diesmal auf den Treff mit Hardy zu verzichten. Der Journalist würde gewiß seinen seltsamen Zustand bemerken und in seiner spöttischen Art unangenehme Fragen stellen. Was sollte er ihm darauf antworten? Wenn er aber nicht zum Treff ging, mußte er sich einen Grund ausdenken. Denken? Verdammt, daran haperte es ja gerade. Ihm fiel kein plausibler Grund ein, sosehr er sich auch anstrengte. Also ließ er es bleiben und machte sich wieder auf den Weg. Vielleicht würde sich sein Zustand bessern, bis er die Station erreicht hatte. Doch Listens Schritte wurden immer schleppender, und als er am Kratergürtel anlangte, sank er völlig ermattet zu Boden. Doch an Umkehr war jetzt nicht mehr zu denken, er hatte die bei weitem längere Strecke hinter sich, und wenn er überhaupt noch irgendwohin gelangen konnte, dann nur zu der nicht mehr allzuweit entfernten Station. Aber dazwischen lag dieser Kratergürtel, ein von kleinen, kaum zehn Meter breiten Trichtern übersätes Gebiet, das seines pickligen Aussehens halber von den Selenographen „die Krätze" genannt wurde. Listen überlegte, ob er, um besser voranzukommen, die Trimmschuhe ausziehen sollte. Doch dann dachte er an die vielen schroffen Klippen, an denen er sich bei einem ungeschickten Sprung, was ohne Trimmschuhe leicht geschehen konnte, den Raumanzug aufschlitzen würde. Also behielt er die Trimmschuhe an, stand, sobald er sich

ein wenig erholt hatte, mit zitternden Beinen auf und begann sich zwischen den Trichtern einen Weg zu suchen. Da die Krater jedoch häufig ineinander übergingen, mußte er hin und wieder gefährliche Klippen überwinden oder einen größeren Umweg machen, was an seinen Kräften mehr und mehr zehrte, bis er, wie ein Wanderer in der Wüste, völlig von Kräften niedersank und den Tod herbeisehnte. Allmählich erholte er sich aber ein wenig und raffte sich auf, um die qualvolle Wanderschaft erneut aufzunehmen. Er stand jedoch noch nicht richtig auf den Füßen, als ihm schwarz vor den Augen wurde und er sich wieder niedersetzen mußte. Nach geraumer Zeit, als er einigermaßen klar sehen konnte, erhob er sich ein zweites Mal und konnte jetzt, wenn auch taumligen Schritts, seinen Weg fortsetzen. Doch schon nach wenigen Metern ließen die Kräfte wieder nach. Listen entschloß sich nun doch, sich der Trimmschuhe zu entledigen. Mit unsicheren Fingern machte er sich ans Werk, und was sonst nur weniger Sekunden bedurfte, schien jetzt Stunden zu dauern. Ihm kamen die Tränen der Verzweiflung, er weinte wie ein Kind und verfluchte zwischendurch den Mond und die alte Engländerin, den alten Douglas mit seinem hirnverbrannten Gravitationstrick und Hardy, der jetzt sicherlich stillvergnügt in der Station saß und an einer spöttischen Bemerkung herumbastelte, wenn er nicht schon längst des Wartens überdrüssig und davongegangen war.
Endlich hatten Listen die Trimmschuhe von den Füßen, schleuderte sie mit einem gotteslästerlichen Fluch in den nächsten Trichter und stolperte durch die noch vor ihm liegende restliche Krätze. Er kam jetzt besser voran und faßte wieder Mut, auch wenn er einige Male einen ungenauen Sprung machte, aus dem Gleichgewicht geriet, lang hinschlug und in dem auf-

gewirbelten Staub die Sicht verlor. Nach einiger Zeit war die Sichtscheibe des Schutzhelmes dermaßen von Staub bedeckt, daß er sie kaum noch blank bekam, soviel er auch an ihr herumwischte. Und als eine morsche Klippe unter ihm zusammenbrach und er kopfüber in einen Trichter stürzte, unter dem nachfolgenden Geröll halb begraben und völlig von Staub eingehüllt, kam er sich wie in einer Dunkelkammer vor. Er blieb wie tot liegen, und auch sein Gehirn schien seine Tätigkeit eingestellt zu haben. Endlich fand er wieder zu sich; als er sich aber von dem Geröll befreite und aufrichtete, hätte er nicht zu sagen gewußt, wie lange er in dem Trichter gelegen hatte. Er kroch auf allen vieren die Kraterwand hinauf und in der gleichen Weise die Außenwand hinab und so lange weiter, bis er aus dem von Staub überlagerten Bereich heraus war. Jetzt mußte er zu seinem Schrekken feststellen, daß er die Orientierung verloren hatte. Gewiß hätte er sich nach der Erde richten können, die wie immer an der gleichen Stelle auf dem Horizont hockte. Er war jedoch so durcheinander, daß er damit nichts anzufangen wußte; er konnte sich nicht erinnern, ob er sie auf dem Hinweg linker Hand liegen lassen mußte oder aber auf dem Rückweg. Er drehte sich einmal so und einmal so, wodurch er aber nur noch verwirrter wurde, sich schließlich völlig konsterniert mehrere Male um sich selber drehte und sich, schwindelig geworden, hinsetzen mußte. Er starrte entnervt vor sich nieder und fuhr zu Tode erschrocken zusammen. Sein Raumanzug war durch den Sturz von der morschen Klippe am Bein aufgerissen. Listen überprüfte mit bebenden Fingern das Ausmaß der Beschädigung. Die Isolierhaut und die mittlere Schicht des Anzuges waren durchstoßen, die innere Schicht schien jedoch heil geblieben zu sein. Um Haaresbreite, dachte Listen, wäre es um mich geschehen! Allerdings mußte er jetzt ungemein aufpassen und durfte keinen Fehltritt mehr tun, sonst war er rettungslos verloren. Was aber nützt mir ein Fehltritt oder vielmehr seine Vermeidung, dachte er, wenn ich nicht weiß, ob ich die Erde linker Hand oder rechter Hand liegen lassen muß? Verdammter Kloß! Hockt da und macht nicht mal piep.

Einigermaßen wieder zu sich gekommen, entschloß er sich, auf gut Glück draufloszugehen. Wenn er nach einer Viertelstunde, so rechnete er sich aus, die Krätze nicht hinter sich hatte, war er in der verkehrten Richtung gelaufen und müßte umkehren.

Er hatte Glück, schon nach zehn Minuten erreichte er den letzten Krater, von dem aus er die Außenstation erkennen konnte. Erleichtert atmete er auf, und wie von neuen Kräften beseelt, überwand er das letzte Hindernis, gelangte auf ebenen Mond und hüpfte in großen Sätzen auf die Station zu. Beinahe frohgemut stieß er die Tür auf und blieb wie vom Donner gerührt stehen. In der Station saß die alte Engländerin und blickte ihm mit ihrem ein wenig blöden Gesicht entgegen.

Hardy warf in der Hotelgarderobe wütend seinen Raumanzug auf den Tisch und ging in die Bar, um seinen Ärger mit einem Whisky hinunterzuspülen. Listen würde schön über ihn lachen und nicht mit spöttischen Bemerkungen sparen, wenn er erfuhr, was passiert war.

Der Barkeeper sah sich seinen Gast an und schob ihm, ohne zu fragen, einen Whisky pur vor die Nase.

„Danke", sagte Hardy, ohne aufzublicken.

Der Barkeeper hielt die Flasche bereit. Er kannte seine Leute; solche wie Hardy tranken Whisky, wenn

sie Ärger hatten, und sie tranken nicht nur einen. Und daß der Journalist Ärger hatte, sah der Keeper auf den ersten Blick. Also schenkte er den zweiten Whisky ein und hielt die Flasche für den dritten bereit. Nach diesem löste sich die Zunge bei solchen Leuten, auch darin kannte er sich aus. Als Hardy den Mund aufmachte, nickte der Keeper nur und sagte: „Die Weiber, es ist immer dasselbe."
Doch diesmal hatte er sich geirrt, denn Hardy sagte: „Der Raumanzug, verdammt noch mal!"
„Der Raumanzug?" Der Keeper verstand die Welt nicht mehr. „Was ist mit dem Raumanzug? Haben Sie ihn eine Nummer zu klein genommen?"
„Quatsch! Er paßte wie angegossen."
Der Keeper goß sich selber einen Whisky ein. Dann nickte er verständnisvoll und sagte „aha!", denn er verstand nun überhaupt nichts mehr.
„Er paßte wie angegossen", wiederholte der Journalist. „Aber irgend so ein Idiot muß dem Sauerstoff eine gehörige Dosis Niespulver beigemischt haben. Als ich das Ventil aufdrehte, kam ich aus dem Niesen nicht mehr heraus und mußte auf der Stelle umkehren, die Klarscheibe war im Nu völlig verkleistert, und ich konnte die Hand nicht mehr vor den Augen sehen."
Der Keeper goß sich noch einen Whisky ein. „Sind Sie sicher, daß es Niespulver war? Vielleicht sind Sie auch nur erkältet, manche vertragen das Klima hier nicht."
„Es war Niespulver!" schrie Hardy. „Und es war irgend so ein Idiot. Aber ich kann mir schon denken, wer es war."

Als Listen die Augen aufschlug, wußte er fürs erste nicht, wo er sich befand. Er blickte sich verständnis-

los um und stellte fest, daß er auf dem Rücken lag. Langsam kehrte ihm die Erinnerung zurück. Er war hierher gekommen, um sich mit Hardy zu treffen, aber statt des Journalisten hatte die alte Engländerin in der Station gesessen. Das hatte ihn umgeworfen, und nun lag er, aus seiner Ohnmacht erwacht, auf dem Rücken und blickte sich um. Als er bis zu dieser Erkenntnis seiner Lage gelangt war, stand er auf, ging in die Mitte des Raumes und setzte sich auf den Stuhl, in dem eben noch Mrs. Haddock gesessen hatte. Vielleicht auch vor einer Stunde, wer weiß? Er hatte nicht auf die Uhr geschaut, als er in Ohnmacht gefallen war. Die Engländerin jedenfalls war spurlos verschwunden, das stand fest. War sie aber auch wirklich hiergewesen? Oder hatte er eine Sinnestäuschung gehabt? Möglich war das schon, nach den schrecklichen Anstrengungen, die er hinter sich hatte, als er hier eintrat. Aber er hatte die Alte doch deutlich erkannt. Sogar ihr zu weit in die Stirn gedrücktes Hütchen mit dem bis über die Nase reichenden Halbschleier hatte sie aufgehabt, was unter dem Helm des Raumanzuges wirklich komisch wirkte. Eine Sinnestäuschung mit einer komischen Wirkung? Das gab es nicht, lächerlich. Listen versuchte zu lachen, doch es wollte ihm nicht gelingen. Vielleicht war er doch einer Halluzination aufgesessen? Wenn nur das Hütchen nicht gewesen wäre und der bis über die Nase reichende Halbschleier. Das konnte keine Täuschung gewesen sein. Es war zu komisch, wenn auch nicht zum Lachen.
Listen stand vom Stuhl auf, trat ins Freie und lief um die Station herum, wobei er nach allen Seiten Ausschau hielt. Die Engländerin konnte er jedoch nirgends erblicken. Also mußte er doch längere Zeit in Ohnmacht gelegen haben, denn die Gegend war hier

sehr übersichtlich, und um aus dem Blick zu entschwinden, brauchte man gut und gerne eine Viertelstunde. Es sei denn, man war eine Imagination, die kann in einem Augenblick entschwinden. Auch eine Imagination mit Hütchen?
Was Listen endlich begriff, war, daß er nicht länger über diese Frage nachdenken durfte, wenn er sich nicht immer mehr im Kreise drehen und schließlich den Verstand verlieren wollte. Nahe daran war er bereits. Also machte er sich auf den Rückweg und dachte nicht mehr über die Möglichkeit oder Unmöglichkeit einer Sinnestäuschung mit komischer Wirkung nach, sondern dachte an Hardy und daran, ob der Journalist auf ihn gewartet und, weil es ihm zu lange gedauert hatte, wieder gegangen war oder ob er aus irgendeinem Grunde heute nicht zum Treff hatte kommen können. Womöglich war er ebenfalls der Engländerin begegnet. Dann wäre sie wirklich keine Sinnestäuschung gewesen. Oder können verschiedene Menschen die gleiche Sinnestäuschung haben? Mit der gleichen komischen Wirkung? Verdammt, jetzt war er doch wieder in den sinnverwirrenden Strudel dieser Frage geraten. Um davon abzukommen, beschleunigte Listen seine Schritte, und da er jetzt die Krätze erreicht hatte, wurde seine Aufmerksamkeit vorderhand von dem schwierigen Weg in Anspruch genommen. Schließlich durfte er keinen Sturz mehr riskieren, der unheildrohende Schlitz im Bein sprach eine deutliche Sprache.
Zu seiner Verwunderung kam Listen nicht nur ohne Unfall, sondern sogar ohne spürbare körperliche Anstrengung über die Krätze hinweg. Um so unerklärlicher war ihm seine Schwäche auf dem Herweg. War er von einer bisher unbekannten Mondkrankheit befallen worden? Dieser Trabant, das schien ihm jetzt

sicher zu sein, steckte voller Tücken und hinterhältiger Gemeinheiten. Und die alte Engländerin war vielleicht nur ein Vorbote dessen, was ihn hier noch erwartete. Jedenfalls war er mit dieser Überlegung wieder bei Mrs. Haddock angelangt, und da das Gelände jetzt eben verlief und ihn nicht weiter ablenkte, blieb er auch bis auf weiteres bei ihr.

4.

„Hören Sie, Burton, wenn Douglas unmöglich die Voraussetzungen dazu hatte, wie erklären Sie sich dann die Realität des Skaphandersprungs? Was wirklich ist, muß doch auch möglich sein."
Burton zuckte die Achsel. „Ich konstatiere nur zwei Tatsachen. Erstens ist Douglas nicht in der Lage, solch ein Experiment durchzuführen. Zweitens hat er es getan. Mir ist das auch ein Rätsel, und ich möchte selber wissen, wie es zu lösen ist."
Howald blickte sich in Burtons Laboratorium um, tat so, als interessiere ihn dies und jenes, und erkundigte sich nach dem Zweck einiger Ausrüstungen.
„Wenn ich Sie recht verstehe", meinte Howald wie nebenbei, „so haben Sie Ihr Fach gewechselt. Bei Douglas hatten Sie sich doch ausschließlich mit der Gravitationsforschung beschäftigt, während Sie es hier in New Jackson mit der Geometrie kosmischer Räume zu tun haben."
Burton kehrte an seinen Schreibtisch zurück und langte eine vergilbte Mappe aus einem Schubfach.
„Hier sehen Sie meine Dissertation. Ich habe sie vor zwanzig Jahren geschrieben, und sie behandelt die Geometrie kosmischer Räume, dargestellt anhand der interstellaren Bewegung des Lichtes."

„Demnach sind Sie jetzt lediglich zu Ihrem ursprünglichen Forschungsgebiet zurückgekehrt?"
Burton lächelte. „Ich bin zum Ausgangspunkt der Gravitationsforschung zurückgekehrt. Ohne die kosmische Geometrie wäre das Problem der Gravitation nicht zu lösen."
„Ich sehe da keinen logischen Zusammenhang", gestand Howald.
„Bekanntlich", erklärte Burton, „messen wir kosmische Räume mittels kosmischer Bewegungen, vornehmlich mittels der des Lichts. Daher werden die Entfernungen zwischen kosmischen Körpern ja auch in Lichtjahren angegeben. Und eben die Bewegung des Lichts hat uns auf die Natur der Gravitation hingewiesen. Michelson stellte, wie Sie sicherlich wissen, fest, daß die Lichtgeschwindigkeit in Räumen, die von uns bekannten Formen der Materie frei sind, stets denselben Wert hat. Aus dieser unbeeinflußten Bewegung des Lichts zog er den Schluß, daß diese Räume schlechthin ohne Materie seien."
„Dieser Schluß", warf Howald ein, „ist nicht ohne weiteres erlaubt. Man könnte sich eine Materie vorstellen, die im Gegensatz zu den bekannten Formen die Eigenschaft hat, die Bewegung des Lichts nicht zu beeinflussen, wie diese Materie auch in ihren übrigen Eigenschaften der uns bekannten genau entgegengesetzt ist, womit wir schon allerhand über sie wüßten."
„Wenn wir davon ausgehen, daß der Raum in jedem Falle Daseinsform der Materie, also materiell ist, sind wir sogar zu dieser Annahme verpflichtet", sagte Burton. „Und wie sonst sollten wir uns die Anziehung von Erde und Sonne erklären, wenn der Raum zwischen beiden materiefrei wäre? Es sei denn, wir glaubten an ideelle Kräfte, die den Gravitationszusammenhang zwischen beiden Körpern herstellen.

Das gleiche gilt für die Struktur des Atoms. Wie Sie wissen, ist der Abstand zwischen dem Kern und den die Hülle bildenden Elektronen konstant. Was erhält diesen konstanten Abstand, wenn nicht eine zwischen Kern und Hülle befindliche Materie? Und wenn diese Materie nicht die Eigenschaften der uns bekannten aufweist, darf man deshalb nicht, wie Michelson es tat, darauf schließen, daß da keine Materie vorhanden sei, sondern vielmehr darauf, daß sie lediglich noch nicht erkannt ist, obwohl sie die Ursache uns längst bekannter Erscheinungen ist, beispielsweise der Gravitation."

„Also gibt es doch eine Art von Weltäther."

„Gewiß, nur nennen wir ihn, im Unterschied zu der bisher bekannten oder, wie wir heute sagen, konventionellen Materie, zweite oder subtile Materie. Und eben den Unterschied zwischen beiden Grundformen der Materie habe ich in meiner Dissertation behandelt." Burton nahm die vergilbte Mappe und legte sie mit einer liebevollen Geste in die Schublade zurück. „Nachdem der Äther durch Michelson erst einmal in Verruf gekommen war, scheuten sich die Wissenschaftler lange Zeit, ihn wieder ins Gespräch zu bringen und ihn als Erklärungsprinzip für bis dahin unerklärbare Erscheinungen anzunehmen. Den gleichen Vorgang haben wir übrigens auch in der Frage der Urzeugung gehabt. Als Pasteur die naive Vorstellung von der Urzeugung, nämlich daß Würmer oder ähnliche Tiere unmittelbar aus feuchtem und warmem Schlamm entstünden, widerlegt hatte, wurde von vielen Wissenschaftlern die Urzeugung überhaupt für widerlegt gehalten, statt nur die naive Vorstellung von ihr zu verwerfen und durch eine wissenschaftliche zu ersetzen, wie es später ja auch geschah. Ebenso steht es mit dem Äther. Man darf ihn nicht

für Unsinn erklären, sondern muß die naive Vorstellung von ihm durch eine wissenschaftliche ersetzen."
„Na schön, halten wir uns nicht weiter damit auf", sagte Howald. „Ich glaube, immerhin so viel begriffen zu haben, daß die Entdeckung der Natur der Gravitation erst möglich wurde, als man die Existenz der zweiten oder subtilen Materie entdeckt hatte."
„Durch diese Entdeckung", erklärte Burton, „erledigte sich die Annahme von der Existenz der sogenannten Gravitonen, die angeblich von den Körpern ausgeschickt werden und die Anziehung bewirken. Man ging jetzt von einer Materie aus, die sich zur gleichen Zeit an allen Punkten des unendlichen Raumes befindet und, da aus reinen, neutronischen Wellen bestehend, von unendlicher Dichte ist. Sobald nun in dieses Medium ein Körper mit korpuskularer, also genau entgegengesetzter Eigenschaft gerät, entsteht aus dem Widerspruch beider Materieformen eine Bewegung in Richtung auf den Erreger, also die korpuskulare Materie. Diese Bewegung könnte man als eine Art Impulskontinuum bezeichnen, dessen Kraft von der Größe beziehungsweise Masse des erregenden Körpers abhängt. Hier gelten durchaus die von Newton und Einstein entdeckten Gesetze."
Howald fand in dieser Darstellung nicht nur viele offene Fragen beantwortet, sie hob mit einem Schlag auch bisher unlösbar erscheinende Widersprüche zwischen verschiedenen Beobachtungen physikalischer Vorgänge auf. Allerdings schien sie selber einen neuen Widerspruch in die Welt zu setzen.
„Wenn die Bewegung von der korpuskularen Materie verursacht wird", sagte er, „wie kann sie dann auf diese zulaufen? Wenn man einen Stein ins Wasser wirft, laufen doch die Wellen vom Stein fort."

„Die korpuskulare Materie", erklärte Burton lächelnd, „zieht den Zorn der subtilen Materie auf sich."
„Das ist ein moralisches Gleichnis", wandte Howald ein.
„Es charakterisiert aber genau den Vorgang der Gravitation. Jeder Vergleich mit einem Vorgang aus der materiellen Sphäre gibt ein schiefes Bild. Nehmen wir zum Beispiel ein Förderband, das aus sich berührenden Walzen besteht. Wenn Sie die erste Walze drehen, überträgt sich diese Bewegung in Gestalt einer Kettenreaktion im Augenblick auf alle anderen, bis hin zur letzten. Und jede Walze dreht sich in Richtung auf Ihren Körper; die eine von oben gesehen, die andere von unten. Und umgekehrt. Nun besteht aber die das Gravitationsfeld bildende subtile Materie nicht aus Walzen, und die Impulse gehen und kommen nicht einrichtig, sondern sie gehen in alle und kommen aus allen Richtungen zugleich. Einen ähnlichen Vorgang können Sie beobachten, wenn ein Vakuum geöffnet wird. Sofort strömt die Luft aus allen Richtungen ein, selbst weit entfernte Luft macht sich sogleich auf den Weg. Aber auch dieses Beispiel spiegelt den ‚Mechanismus' der Bewegung des Gravitationsfeldes nicht richtig wider, denn dieses bleibt als Ganzes unbewegt, es bewegt sich nur in sich, auch dann, wenn ein korpuskularer Erreger das bis dahin richtungsneutrale Kontinuum in eine auf ihn gerichtete Impulsbewegung versetzt."
„Wodurch alle korpuskulare Materie, die sich in der aktivierten Sphäre der subtilen Materie befindet, ebenfalls in Richtung des Erregers geführt wird."
„Ja."
„Auch das Licht?"
„Auch das Licht, besitzt es doch korpuskularen Charakter. Doch ist er, wenigstens was die Gravitations-

anfälligkeit des Lichts betrifft, von untergeordneter Bedeutung, weshalb es selbst von einem äußerst aktiven Schwerefeld nur minimal angezogen wird. Die dominierende Eigenschaft des Lichts, wenigstens was die Ausbreitung betrifft, ist sein Wellencharakter. Darin verbindet es sich mit der richtungsneutralen Bewegung der subtilen Materie."

„Also ist die subtile Materie nicht mit dem Gravitationsfeld identisch?"

„Nein; nur in dem Falle, wo subtile Materie durch korpuskulare erregt wird und die richtungsneutrale oder potentielle Bewegung in eine konzentrische verwandelt wird. Streng genommen gibt es allerdings keine nichtaktivierte subtile Materie, sondern nur mehr oder weniger aktive Felder, die sich noch dazu auf die vielfältigste Weise überlagern, wie es umgekehrt überall, selbst im aktivsten Schwerefeld, immer auch die richtungsneutrale Bewegung des Kontinuums gibt."

Howald schien, was diese Seite des Problems betraf, fürs erste zufriedengestellt.

„Wie aber", wollte er jetzt wissen, „wird die Gravitation nun zu einer praktisch handhabbaren Kraft?"

„Indem man sie mit sich selber in Konflikt bringt."

Howald machte ein verblüfftes Gesicht. „Das klingt ziemlich simpel. Wieso ist man da nicht früher draufgekommen?"

„Weil man zuvor die Natur der Gravitation erkannt haben mußte. Wie Sie wissen, hatte Newton nur den Vorgang der Gravitation in ein Gesetz gefaßt, nicht aber deren Ursache. Einstein war den nächsten Schritt gegangen und erklärte in seiner allgemeinen Relativitätstheorie die Gravitation aus einer Krümmung des Weltraums, was jedoch die Endlichkeit des Raums voraussetzt, womit er aber seiner speziellen Relativitätstheorie widerspricht, welche von der Gleichwertigkeit bestimmter Bezugssysteme ausgeht, die ja nur durch ein prinzipielles Überschreiten endlicher Raumeinheiten erfaßbar ist. Wir hingegen gehen von der Ungleichwertigkeit der Bewegungen bestimmter Bezugssysteme in endlichen Räumen aus, um diese Ungleichwertigkeit, die ja objektiv vorhanden und also wirksam ist, ausnutzen zu können, indem ungleichwertige Gravitationsfelder in Konflikt gebracht werden, wodurch ein neues, nämlich das gewünschte Kraftfeld entsteht. Das jedenfalls ist meine Vorstellung davon, wie die Gravitation gemindert, ganz aufgehoben oder aber auch verstärkt werden kann."

„Und haben Sie auch eine Vorstellung davon, wie dieser Konflikt verschiedener Schwerekräfte herbeigeführt werden kann?"

„Nein, leider nicht", gestand Burton. „In Mirograd sind sie jedoch schon bedeutend weiter. Dort ist man einen anderen Weg gegangen und arbeitet mit einem kräfteparalysierenden Katalysator."

„Noch eine letzte Frage: Wie kann der Eingriff in das natürliche Wirken der Schwerekräfte begrenzt werden? Ohne solch eine Lokalisierung kämen wir doch in Teufels Küche."

Burton grinste. „Da haben Sie durchaus recht. Zwar ist die Gravitation im Gegensatz zu anderen vergleichbaren Energien völlig unschädlich und eigentlich die menschenfreundlichste aller Naturkräfte. Und da sie die lebenswichtigste und für das unbeschwerte Leben des Menschen immer wichtiger werdende Naturkraft ist, ist ihr unschuldiges Wesen von unschätzbarem Wert. Allerdings kann sie durch eine fehlerhafte Beeinflussung außer Rand und Band geraten. Eine Begrenzung der Wirkung unseres Eingriffs hängt jedoch von der Art des Eingriffs ab. Allgemein

gilt aber, daß die Gravitation, wie wir vorhin festgestellt haben, immer an Formen der konventionellen Materie gebunden ist. Also kann auch die Wirkung eines Eingriffs mittels konventioneller Materie begrenzt werden."
„Womit wir wieder bei Callington angelangt wären." Howald atmete sichtlich auf. „In seinem Falle mußte doch die Aufhebung der Gravitation allein auf ihn selbst begrenzt werden, oder irre ich mich da?"
„Das ist eine Möglichkeit", erklärte Burton. „Eine andere besteht darin, die Schwerkraft in einem bestimmten Raum aufzuheben. Aber das eine wie das andere ist bei den technischen Voraussetzungen, die Douglas zur Verfügung stehen, nicht denkbar."
„Sie sprechen ausdrücklich von der technischen Seite. Sie schließen also nicht aus, daß Douglas die theoretischen Voraussetzungen besitzt?"
„Die kann heutzutage jeder Wissenschaftler erarbeiten, wenn er einen Anflug von Genialität hat."
Howald war noch nicht zufrieden. „Könnten Sie mir die Frage der technischen Voraussetzungen noch etwas genauer erläutern? Welche Bedingungen sind nötig, um sie zu schaffen?"
„Jedenfalls solche, wie sie Douglas niemals zur Verfügung stehen. Soweit ich orientiert bin, bestehen sie allein drüben in Mirograd. Allerdings muß man unterscheiden zwischen den Bedingungen, die technischen Daten zu gewinnen, und den Bedingungen, sie zu verwerten. Das letztere wäre Douglas vielleicht möglich."
Howald rieb sich die Stirn und blickte eine Weile regungslos vor sich hin. Dann hob er den Blick und starrte Burton an.
„Was ist?" fragte Burton, „haben Sie einen Ansatzpunkt?"

„Ich weiß nicht", murmelte Howald. „Jedenfalls haben Sie mir genau die Stelle bezeichnet, wo es einen geben könnte, wenn es überhaupt einen gibt."

5.

Sonne und Erde standen sich nahe, genauer gesagt hockten sie einträchtig nebeneinander auf dem Horizont, denn Lunastadt war am äußersten Rande der ständig der Erde zugekehrten Seite des Mondes unweit des Mare Humboldtianum erbaut, weshalb der Mutterplanet von hier aus stets in dieser hockenden Stellung zu sehen war. Die Sonne hingegen erschien hier wie auf der Erde als ein auf rastloser Wanderschaft befindliches Gestirn, allerdings mit einem bedeutend gemächlicheren Gang, denn ein Tag auf dem Mond verging beträchtlich langsamer als ein Erdentag. Daher konnte das auf dem Mond täglich einmal stattfindende Schauspiel, das die nahe beieinanderstehenden Himmelskörper Erde und Sonne boten, nur alle vier Wochen beobachtet werden, wenn man nach irdischen Tagen rechnete.
Jochen Rockhaus war mit Margrit Messmer bereits mehrere Stunden unterwegs. Sie hatten sich vorgenommen, die Zwillinge zu besuchen, eines der beliebtesten Ausflugsziele der nach Lunastadt kommenden Touristen. Daher war der Weg zu den Zwillingen seit langem erschlossen und auf bequeme Weise zurückzulegen. Von Lunastadt fuhr man etwa fünfzig Kilometer mit dem Linienzug, stieg dann in eine Zubringerbahn um und war, alles in allem, in weniger als zwei Stunden am Ziel. Jochen und Margrit hatten sich jedoch entschlossen, den letzten Teil der Strecke zu Fuß zu gehen. Sie wollten die Natur nicht nur aus dem

Zugfenster bewundern; auch vermieden sie auf diese Weise, zusammen mit dem Schwarm der Ausflügler bei den Zwillingen anzukommen. Das Geschwätz dieser Leute war ihnen schon während der Fahrt im Linienzug auf die Nerven gegangen. Jeder von ihnen hatte alle übrigen davon überzeugen wollen, daß er auf dem Mond oder anderswo bereits erstaunlichere Dinge als die Zwillinge gesehen habe, so daß es am Ende unerfindlich war, weshalb die Leute eigentlich den Ausflug zu solch einer belanglosen Naturerscheinung unternahmen.

Margrit und Jochen waren froh gewesen, als sie den Zug verlassen konnten und in der lautlosen Natur standen. Inzwischen hatten sie eine beträchtliche Wegstrecke zurückgelegt und waren auf einen Trupp Selenographen gestoßen, der sich auf einer mineralogischen Expedition befand und in der Nähe der Zwillinge für einige Tage seine Zelte aufgeschlagen hatte. Die Leute benahmen sich hier draußen weit weniger ruppig als in städtischer Umgebung, und der Leiter der Truppe, ein hünenhafter Kerl, hatte die beiden mit einem freundlichen Gruß empfangen und zu einer kurzen Rast eingeladen. Sie hatten die Einladung gern angenommen und saßen nun auf einem Felsbrocken, um Sonne und Erde in ihrem friedlichen Beieinander zu betrachten.

Der Leiter der Expedition hatte sich zu den beiden gesetzt und erklärte ihnen diese und andere Erscheinungen, die nur der Mond zu bieten hatte.

„Wenn Sie noch einige Zeit auf dem Trabanten bleiben", sagte er jetzt, „so können Sie eines der schönsten Naturschauspiele erleben, eine totale Sonnenfinsternis. Da die Sonnenscheibe von hier aus gesehen viermal kleiner als die Erde ist, dauert eine Sonnenfinsternis auf dem Mond viel länger als auf unserem Heimatplaneten. Obwohl aber die Sonne völlig hinter der Erde verborgen ist, können wir ihr Vorhandensein feststellen, denn ihre Strahlen brechen sich in der die Erde umgebenden Atmosphäre, wodurch eine Corona entsteht, die in einem einmalig schönen Farbenspiel leuchtet."

„Ich habe gehört", sagte Margrit, „daß auch der Mond eine Atmosphäre erhalten soll. Dann wird er, die Sonne im Rücken, der Erde ebenfalls eine leuchtende Corona zeigen."

Der Selenograph winkte ab. „Das ist noch lange hin, und ich wünsche nicht, es noch zu erleben."

Margrit sah ihn verwundert an. „Eine Atmosphäre würde das Leben auf dem Mond doch ungemein erleichtern. Auch Sie hätten viele Vorteile in Ihrer Arbeit."

„Wer längere Zeit hier gelebt und gearbeitet hat, will den Mond nicht mehr anders haben, als er ist. Wir haben uns an ihn gewöhnt, auch an die Schwierigkeiten und Unbequemlichkeiten, die er uns bereitet. Wenn man ihn zu einer zweiten Erde macht, würde er all das verlieren, was uns an ihm lieb und wert geworden ist." Der Selenograph schwieg eine Weile, dann blickte er Margrit an. „Ich weiß nicht, ob Sie das verstehen."

„Ich glaube schon", sagte Margrit, „aber eines Tages werden Sie sich damit abfinden müssen. Und schließlich trägt Ihre eigene Arbeit dazu bei, den Mond zu verändern und bessere Lebensbedingungen auf ihm zu schaffen."

„Es ist überall und in allen Zeiten das gleiche", entgegnete der Selenograph, „wir ziehen aus, um die unberührte Natur zu entdecken, und tun damit den ersten Schritt, sie ihres ursprünglichen Reizes zu berauben."

„Weshalb der Mensch immer wieder auf neue Entdeckungen auszieht", schaltete sich jetzt Jochen in das Gespräch ein. „Vielleicht ist das der tiefere Grund, der ihn immer weiter treibt: indem er das Neue entdeckt, hört es für ihn auf, neu zu sein. Er nimmt Abschied und macht sich auf zur nächsten Entdekkung und so fort."

Der Selenograph nickte. „Es ist wohl der Beruf des Menschen, immer auf dem Wege zu sein; und da die Welt unendlich ist, hat sein Weg niemals ein Ende."

Er erhob sich und reckte seine riesige Gestalt. Auch Jochen und Margrit standen auf. Es war an der Zeit, ihre Wanderung fortzusetzen. Sie verabschiedeten sich von den Selenographen und blickten noch einmal hinüber zur Sonne, die sich allmählich von der Erde löste, als wollte auch sie Abschied nehmen, um ihren Weg weiterzugehen.

Bis zu den Zwillingen war es nur noch eine kurze Strecke; das Gelände zeigte sich hier in einer abwechslungsreichen Gestalt. Immer häufiger traten flache Kraterketten und Rillen hervor, die Margrit und Jochen jedoch ohne Mühe überwinden konnten. Trotz dieser ständigen Abwechslung hätte die Landschaft einen trostlosen, ja niederdrückenden Eindruck auf den Beschauer gemacht, denn es fehlte ihr die Wärme, die nur die lebende Natur verleihen kann. Wo sich nichts regt und bewegt, nichts wächst und gedeiht, fühlt sich der Mensch verlassen und verloren. Er sieht nichts, womit er sich verbinden könnte, was ihn heimisch werden ließe. Und doch hatten die Menschen auf dem Mond nur selten diesen niederdrückenden Eindruck, denn die Leichtigkeit, mit der man sich auf ihm bewegte, verschaffte ein Gefühl gesteigerten Lebens, das die Leblosigkeit der Natur nicht zur Wirkung kommen ließ. Die Mühelosigkeit, mit der man in kurzer Zeit eine endlos erscheinende Ebene überqueren oder ein Gebirge erklimmen konnte, verlieh dem Menschen ein Hochgefühl eigener Art. Es schien ihm, als ob sich seine Kräfte vervielfacht hätten und er, wenn er wolle, zu Leistungen fähig sei, die er bis dahin nur im Traume vollbracht hatte. Auch Margrit und Jochen empfanden die Trostlosigkeit der sie umgebenden Landschaft nicht. Doch war es weniger die geringe Anziehungskraft des Trabanten als vielmehr ein Gefühl gegenseitiger Zuneigung, das beide beflügelte und unbeschwert wie zwei ausgelassene Kinder dahinspringen ließ, gerade so, als ob sie barfuß über eine grüne Wiese tanzten und die Lerche über ihnen ihr fröhliches Lied sänge.

In eben diesem Augenblick tauchte eine menschenähnliche Gestalt vor ihnen auf und rief: „Warnung von KOLM sieben – hören Sie mich? Warnung von KOLM sieben – wahren Sie einen Sicherheitsabstand von zwanzig Metern. – Ich arbeite im Auftrag der Erde. – Stören Sie mich nicht in der Ausführung meiner Aufgaben. – Ende."

Margrit war erschrocken stehengeblieben und hatte nach Jochens Arm gefaßt. „Was ist das?"

„Ein von der Erde ferngesteuerter Roboter", erklärte Jochen. „Soviel ich gehört habe, laufen mehrere dieser Art auf dem Mond herum."

Margrit war einigermaßen beruhigt und besah sich den Roboter genauer. Der schien die beiden nicht weiter zu beachten und vertiefte sich ganz in die Erledigung seines Programms. Wie es aussah, nahm er geometrische Messungen vor.

„Ich werde ihn mal fragen, was er da macht", meinte Margrit.

„Ich glaube nicht, daß er darauf eingerichtet ist, Auskünfte dieser Art zu geben."

„Man kann es ja mal probieren. Wie spricht man einen Roboter an? Mit Sie oder mit du?"
„Mit keinem von beiden, er ist ja keine Person."
Margrit versuchte, eine Frage ohne direkte Anrede zu formulieren, doch es wollte ihr nicht gelingen. In ihrer Verlegenheit sagte sie: „Ziemlich heiß heute, nicht wahr?"
Im gleichen Augenblick mußte sie über sich selber lachen, und Jochen half ihr dabei. Der Roboter hingegen tat, als habe er nichts gehört, und ging weiterhin seiner Beschäftigung nach.
„Er fühlt sich nicht angesprochen", meinte Jochen. „Wahrscheinlich reagiert er nur, wenn man ihn mit seiner Bezeichnung anspricht."
Doch sie konnten sich nur daran erinnern, daß sie mit KO begann und mit einer Sieben endete. Sie setzten anstelle der beiden vergessenen versuchsweise verschiedene Buchstaben ein, der Roboter aber blieb stumm. Er schritt, als wäre er allein auf der Welt, hin und her, steckte mit kleinen Fähnchen Dreiecke und andere Figuren ab und ging dann in der Richtung, aus der Margrit und Jochen gekommen waren, davon.
„Da geht er hin und sagt nicht mal auf Wiedersehen. Ein unhöflicher Geselle", beschwerte sich Margrit.
Die beiden schauten dem Roboter, der wie ein einsamer Wanderer über die trostlose graue Mondlandschaft dahinschritt, eine Weile nach. Und erst als er ihren Blicken entschwand, wandten sie sich ab und nahmen ihren Weg zu den Zwillingen wieder auf. Und als sie ihr Ziel erreicht hatten, standen sie still und schauten zu den beiden Ringgebirgen hinauf. An dem Punkt, wo beide Ringe wie siamesische Zwillinge miteinander verwachsen waren, stand ein Ausflugslokal. Von dort aus kann der Besucher in die tiefliegenden

und erstaunlich ebenen Kratersohlen blicken, in deren Mitte jeweils ein steiler Berg aufragt.
„Darf ich bitten?" sagte Jochen und bot Margrit den Arm, worauf beide gemessenen Schritts wie ein altägyptisches Königspaar die aus den Felsen gehauenen Stufen hinaufstiegen und, oben angelangt, sich feierlich einer vor dem anderen verneigend, durch die Schleusentür eintraten.
An der Garderobe gaben sie ihre rasch abgestreiften Raumanzüge ab und stiegen eine Wendeltreppe nach oben in die von einer gläsernen Halbkugel überdachte Kuppel, von der sie einen unbeschränkten Ausblick nach allen Seiten genießen konnten. An einer kleinen Bar nahmen sie ein erfrischendes Mixgetränk zu sich und setzten sich sodann an eines der runden Tischchen.
Margrit wandte sich sogleich lebhaft nach links und nach rechts und bewunderte das Panorama.
„Wie groß sind die beiden Ringe", fragte sie, „haben sie den gleichen Durchmesser?"
„Auf den Millimeter genau", behauptete Jochen, „oder doch wenigstens auf den Kilometer. Beide haben einen Durchmesser von dreißig Kilometern."
„Sie scheinen aber viel kleiner zu sein."
„Das macht die klare Luft", erklärte Jochen, „vielmehr das Fehlen jeder Luft. So kommt uns der Mond kleiner vor, als er ohnehin schon ist."
„Die Kratersohle aber erscheint viel tiefer, als sie ist. Die Treppe, die wir heraufgestiegen sind, war doch kaum zweihundert Meter hoch, während der Krater mindestens tausend Meter tief ist."
„Dreitausend Meter."
Margrit machte ein erschrockenes Gesicht, so daß Jochen lachen mußte.
„Das ist das Typische an den Ringgebirgen", erklärte

er. „Ihre innere Ebene liegt um vieles tiefer als die äußere Umgebung; auch fällt der Wall nach innen steiler ab als nach außen."

„Nur schade", meinte Margrit, „daß die Sonne noch so niedrig steht und der größte Teil der Kratersohle im Schatten liegt."

„Bis zum nächsten Mittag müssen wir noch fast eine Woche warten."

„Schrecklich, diese Tageseinteilung hier oben", rief Margrit. „Man legt sich getreu seinen irdischen Gewohnheiten vierzehnmal zu Bett und steht vierzehnmal auf, und die Sonne ist noch nicht ein einziges Mal untergegangen, weil es noch immer ein und derselbe Mondtag ist. Und in der Mondnacht ist es nicht anders; daran werde ich mich wohl niemals gewöhnen."

„Das glaubt man nur, solange man auf dem Mond ist. Wer eine Weile hier oben war und dann zur Erde zurückkehrt, habe ich mir sagen lassen, spürt sehr rasch, daß er sich recht gut daran gewöhnt hatte. Denn jetzt scheint ihm der schnelle Wechsel von Tag und Nacht auf der Erde das Leben in kleine Teile zu zerstückeln, und er hat den Eindruck, daß es hastiger als auf dem Mond zugeht. Während er sich hier die Tage nach der Uhr einteilte, werden sie ihm auf der Erde von der Natur vorgeschrieben, was er jetzt als einen äußeren Zwang empfindet. Die natürlichen Grenzen erscheinen ihm auf einmal nicht mehr als selbstverständlich, sondern als willkürliche Einschränkung seiner Freiheit."

Margrit hatte Jochens Gedanken nicht folgen können, da sie in ihre eigenen versunken war.

„Mir will der Roboter nicht aus dem Kopf", erklärte sie jetzt. „Wenn man weiß, daß er von der Erde gesteuert wird, kommt einen ein ganz eigenes Gefühl an.

Es ist, als ob ein Stück Heimat da wäre, unmittelbar und ganz in deiner Nähe, und man fühlt sich mit einemmal nicht mehr auf einem fernen Himmelskörper, sondern wie auf der Erde."

„Mir ist es nicht anders ergangen", bekannte Jochen. „Und dabei ist unser Roboter nur eine von unzähligen Verbindungen zwischen Mond und Erde. Wohin auch immer wir Menschen uns auf den Weg machen, wir bleiben enger an die Erde gebunden als das Kind an die Mutter, weil wir der Nabelschnur der Mutter Erde bedürfen, ohne die wir aufhören würden, Menschenkinder zu sein. All unsere Unternehmungen, auch die hier auf dem Mond, dienen doch letzten Endes nur unseren irdischen Bedürfnissen. So ist auch der Mond, genau genommen, nichts als ein gewaltiges Laboratorium der Erde. Der Umstand, daß er keine Lufthülle hat, macht ihn auf den verschiedenartigsten Gebieten für uns nützlich. Bestimmte Verbindungen von Gasen und von Gasen und Metallen sind nur in einem Vakuum möglich, wie es der Mond bietet. Auch die kritischen Punkte der Kohäsion oder Konsistenz biologischer und anderer Körper sind nur unter diesen Bedingungen feststellbar. Hinzu kommt die geringe Schwerkraft, die in Verbindung mit dem Vakuum, aber auch für sich genommen, die Herstellung gänzlich neuartiger Werkstoffe und deren statische und dynamische Erprobung ermöglicht. Das geschieht vor allem in Mirograd. In New Jackson hingegen werden aus dem Weltraum kommende Strahlungen gemessen. Die unsere Erde umgebende Lufthülle läßt nur bestimmte Bereiche der elektromagnetischen Wellen bis zur Erdoberfläche gelangen. Die anderen gehen der Beobachtung verloren. Überdies ist die Arbeit der Sternwarten durch die atmosphärischen Störungen stark behindert. Auf dem Mond braucht man nicht auf schönes Wetter zu warten. Er ist das ideale Observatorium."

„Immerhin", wandte Margrit ein, „ist doch der Transport der dafür erforderlichen Geräte zum Mond kostspielig. Hebt das nicht den Nutzen wieder auf?"

„Anfänglich war der Aufwand natürlich um vieles größer als der Nutzen", bestätigte Jochen. „Zu dieser Zeit konnte jede Rakete nur einmal verwendet werden. Sobald aber das Problem ihrer Wiederverwendbarkeit gelöst war, verringerten sich die Kosten beträchtlich. Außerdem wurden rationellere und raumsparende Treibstoffe entwickelt, so daß die Nutzlast bedeutend erhöht werden konnte. Von da an verlor die Rakete allmählich ihren exklusiven Charakter und wurde zu einer alltäglichen Erscheinung, wie das Auto und das Flugzeug seinerzeit zu alltäglichen Erscheinungen geworden waren."

„Die Kosten des Transportes über die weite Strecke zum Mond sind doch aber gewiß noch immer sehr hoch, so daß uns der Mond nicht gerade billig zu stehen kommt."

„Wenn alle hier benötigten Geräte und Materialien von der Erde heraufgebracht werden müßten, sicherlich. Inzwischen können jedoch viele Dinge hier hergestellt werden. Die Selenologen finden beinahe jeden Tag neue Vorkommen von brauchbaren Rohstoffen. Leider wird durch deren Ausbeutung das natürliche Gesicht des Mondes verunstaltet."

Margrit dachte an die Unterhaltung mit den Selenographen und lächelte. „Ein Romantiker mehr", sagte sie.

„Warum nicht?" entgegnete Jochen. „Im Augenblick meinte ich jedoch einen durchaus nüchternen Aspekt. Das Fehlen einer Lufthülle hat bekanntlich den Vorteil, daß alle aus dem Weltraum kommenden Meteoriten und dergleichen in ihrer ursprünglichen Gestalt auf dem Mond auftreffen. Und dem gleichen Umstand ist es zu verdanken, daß die von den aufschlagenden Körpern verursachten Eindrücke kaum verwittern. Daher verzeichnet die Oberfläche des Mondes wie ein pedantischer Buchhalter genau Masse und Geschwindigkeit der aus dem Weltraum kommenden Körper. Und auch ihre Häufigkeit ist feststellbar. Diese Daten sind aber von großer Wichtigkeit für längere Flüge zu entfernteren Zielen im Weltraum, da ohne sie keine Vorkehrungen gegen von solchen Körpern drohende Gefahren getroffen werden können. Und schließlich", schloß Jochen sein Privatissimum, „ist der Mond das beste Übungsfeld für automatische Systeme, die auf noch nicht von Menschen betretbare Himmelskörper geschickt werden sollen. Auf dem Mond kann man direkt und durch den Augenschein überprüfen, ob sie von der Erde ausgesandte Befehle exakt ausführen. Sicherlich gehört unser Roboter auch zu dieser Art von Automaten."

„Und wenn er hier schön brav und gehorsam war, darf er eines Tages in die weite Welt hinaus und wird womöglich eine Berühmtheit. Und wir können sagen, wir sind dabeigewesen ..."

„Als er noch als unbekannter Roboter auf dem Mond herumtappte."

Nachdem sich die beiden genügend über diese Aussicht amüsiert hatten, warf Margrit einen verstohlenen Blick auf die Uhr. „Ich glaube, wir müssen bald aufbrechen."

Sie schauten noch einmal nach der einen und der anderen Seite, machten eine Bemerkung über die Hilflosigkeit des Mondes, der sich mangels einer schützenden Lufthülle weder gegen aus dem Weltraum kommende Körper wehren noch die empfange-

nen Wunden heilen kann, so daß er sie, wie ein eitler Krieger seine Narben, sein Leben lang zur Schau stellt; und als beide den Mond genügend bedauert und Margrit einen zweiten Blick auf die Uhr geworfen hatte, erhoben sie sich, schlüpften an der Garderobe in ihre Raumanzüge und verließen das Ausflugslokal.
Auf der die Zwillinge hinabführenden Treppe trafen sie auf eine Schar von Touristen, die verbogene Bleche und Stangen und andere unbrauchbare Gegenstände mit sich schleppten.
Margrit machte ein besorgtes Gesicht. „Die Leute haben wohl ein Unglück gehabt?"
„Ich glaube eher, sie sind auf eine zerschellte Mondsonde getroffen. Es sollen noch einige aus dem vorigen Jahrhundert herumliegen. Die Touristen sind ganz verrückt danach; sie nehmen das Zeug als Souvenir mit auf die Erde, wo sie es wie eine Trophäe herumzeigen."
Margrit trat zur Seite, um nicht ihren Raumanzug von einem der sperrigen Wrackteile in Gefahr bringen zu lassen.
Als die Leute vorbeigegangen waren, sagte sie: „Am Eingang zum Planetarium habe ich dort aufgestellte Reliquien gesehen; es sind Teile der ersten sowjetischen Mondsonde und der ersten bemannten amerikanischen Mondrakete. Wenn man vor diesen Zeugen der Vergangenheit steht, wird einem erst so recht deutlich, wie weit die Menschheit damals von dem entfernt war, was uns heute eine Selbstverständlichkeit ist. Neben Lunastadt als Metropole haben wir die Industriestädte Mirograd und New Jackson und Dutzende Forschungsstationen auf dem Mond, dazu unzählige Ausflugsstätten und ein dichtes Verkehrssystem. Und doch steht man mit einem Gefühl der Ehrfurcht vor den Reliquien. Ein Hauch von Roman-

tik scheint uns anzuwehen, als ob sich uns das Mysterium unseres Lebens offenbare. Es ist das gleiche Gefühl, das wir empfinden, wenn wir vor den sagenhaften Stätten des Trojanischen Krieges oder den Kulturdenkmälern des Mayas stehen."

„Dabei haben die Menschen seinerzeit die Eroberung des Mondes ganz und gar nicht als ein Mysterium empfunden", entgegnete Jochen.

Die Touristen waren inzwischen am Ende der Treppe angelangt und drangen lärmend und gestikulierend in das Ausflugslokal ein. Jochen schritt die Treppe abwärts. Margrit folgte ihm schweigend.

„Der Mond erschien damals vielen Leuten als ein Zankapfel der beiden Weltsysteme."

„Die Sowjetunion hat sich jedoch in ihrem Weg nicht irremachen lassen", fuhr Jochen fort. „Sie vertraute auf die gesellschaftlichen Veränderungen auf der Erde. Indem aber ihr kosmisches Programm auf diesen Gang der Geschichte ausgerichtet war, erhielt es eine ganz andere Aufgabenstellung. Und der Wettlauf zum Mond fand nicht statt."

„Heute weiß jedes Kind", meinte Margrit, „daß erst das ständige System großer Orbitalstationen, die auf erdnahe Bahnen gebracht wurden, die Basis für eine wirkliche Nutzung des Mondes geschaffen hat."

„Und die Veränderung der politischen Landkarte der Erde", ergänzte Jochen. „Allein dem Programm, das auf diesen realen technischen und gesellschaftlichen Voraussetzungen fußte, ist es zu danken, daß der Mond heute nicht dem Prestige eines politischen Systems, sondern den vernünftigen Bedürfnissen der ganzen Menschheit dient. Angesichts dieser Entwicklung verlor die Frage, wer als erster den Mond betreten hat, ihre Bedeutung."

„Ob diese Entwicklung damals wirklich vorausgesehen wurde?" fragte Margrit.

„Sonst hätte sie wohl nicht stattgefunden", meinte Jochen.

Die beiden liefen jetzt am Fuße der Zwillinge entlang, wandten sich nach einiger Zeit von diesen ab und gelangten über ein Geröllfeld an eine Kraterruine, deren Wall durch Rutschungen stark nivelliert und von einer Vielzahl von kleinen Sekundärkratern zerfressen war. Endlich erreichten sie eine von körnigem und mürbem Gestein bedeckte weite Ebene, über die sie wie auf verharschtem Schnee, der unter den Füßen nachgibt, dahinschritten. Sobald sie forsch auftraten, stieg Staub auf, der einem Kondensstreifen gleich den zurückgelegten Weg markierte.

Jochen faßte Margrit bei der Hand und rannte davon, beschrieb Kurven und Kreise und lachte mit ihr über die verschiedenen Figuren, die sie mittels des Staubes auf die Oberfläche des Mondes zeichneten. Dann machten sie wie die Känguruhs mit geschlossenen Beinen mächtige Sätze von zehn oder zwölf Metern und schwebten, sich gegenseitig umfangend, im Tanzschritt dahin.

„Wiener Walzer auf dem Mond!" rief Margrit, als sie sich ein wenig verpusteten. „Weshalb besuchen eigentlich so wenige Komponisten den Trabanten? Ich könnte mir vorstellen, daß sie hier eine beschwingtere, heiterere Musik machen würden."

„Wahrscheinlich brauchten sie dazu auch neue Instrumente", meinte Jochen. „Die Schritte auf dem Mond sind ja nicht nur größer, sie dauern auch länger, wir tanzen sozusagen in Zeitlupe. Eine dementsprechende Musik würde sich, mit den konventionellen Instrumenten gespielt, sicherlich ein wenig seltsam anhören."

Margrit wollte diesen Gedanken fortspinnen, doch das merkwürdige Verhalten Jochens, der plötzlich wie erstarrt stehenblieb, ließ sie innehalten.
„Der Summer!" rief Jochen entsetzt.
„Der Summer? Was bedeutet das?"
„Der Sauerstoff geht zu Ende! Der Summerton zeigt an, daß nur noch eine Reserve für eine Stunde vorhanden ist."
Margrit spürte ihr Herz im Halse schlagen. Der Weg zur Station dauerte noch mindestens zwei Stunden. Sie prüfte ihr eigenes Gerät; die Skala zeigte einen Vorrat für gut vier Stunden an. Wieso war Jochens Gasgemisch so schnell verbraucht worden? Sie hatten doch die gleichen Geräte, und beide waren vollständig gefüllt gewesen.
„Können wir nicht aus meinem Behälter ein Teil umfüllen? Es würde dann für beide reichen."
Jochen schüttelte den Kopf. „Dazu ist ein besonderes Gerät nötig. Wir müssen uns eben beeilen, vielleicht schaffen wir es in einer Stunde."
„Das hat keinen Sinn", sagte Margrit. „Wenn du doppelt so schnell läufst, verbrauchst du auch ungefähr doppelt soviel Sauerstoff."
„Natürlich."
„Ich sehe nur eine Möglichkeit", erklärte Margrit, „du bleibst hier und verhältst dich ganz ruhig, um Sauerstoff zu sparen, während ich zur Station laufe. Ich schaffe es bestimmt in einer Stunde, vielleicht auch eher. Und mit dem Rettungsflugzeug sind wir in wenigen Minuten hier.
Er hatte noch kaum seine Zustimmung gegeben, als sie auch schon davonlief. Sie sprang mit mächtigen Sätzen über die trostlose Ebene, die sich wie eine Wüste bis zum Horizont erstreckte. Der von Margrits schnellem Lauf aufgewirbelte Staub bildete eine ein-

same Spur, die schnell länger und länger wurde, während Margrit bald nur noch als ein kleiner Punkt und dann überhaupt nicht mehr zu sehen war; allein die Staublinie ließ darauf schließen, wo sie sich bewegte. Doch je weiter sich Margrit entfernte, desto langsamer wuchs die Staublinie, wie der Kondensstreifen eines Flugzeuges immer langsamer zu wachsen scheint, je weiter sich die Maschine entfernt, bis es schließlich so aussieht, als verharre sie unbeweglich an einem Punkt.

Jochen setzte sich, als er Margrit nicht mehr ausmachen konnte, auf den Boden nieder und beobachtete den Zeiger der Skala. Wenn nach sechs Stunden bereits der Sauerstoff für neun Stunden verbraucht war, so würde der noch vorhandene Sauerstoff statt in einer Stunde in vierzig Minuten verbraucht sein. Als Jochen diese Rechnung gemacht hatte, lief ihm ein Schauer über den Rücken, und gleich darauf perlte ihm Schweiß auf der Stirn. Er beruhigte sich jedoch bald wieder; wenn er die Beherrschung nicht verlor, konnte noch alles gut ausgehen. Der Sauerstoff mußte, solange er jede körperliche Bewegung vermied, statt vierzig Minuten annähernd für die doppelte Zeit reichen. Es sei denn, der Schaden am Atemgerät war erst vor kurzem eingetreten, dann war auch der Schwund bedeutend rapider. Jochen verglich die Bewegung des Zeigers mit seiner Uhr und stellte zu seiner Beruhigung fest, daß der Verbrauch gering zu sein schien. Wahrscheinlich hatte das Gerät nur ein kleines Leck, aus dem das Gas sehr langsam und in gleichbleibender Stärke entwich. Wenn Margrit nicht den Weg verfehlte oder das Rettungsflugzeug nicht gerade an einem entlegenen Ort im Einsatz war, bestand keine wirkliche Gefahr.

Margrit schien es, als ob sie immer langsamer vorankäme. Die mürbe Oberflächenschicht reagierte wie glitschiger Lehm, und sie lief ständig Gefahr, zu Fall zu kommen. Überdies schien die Klimaregelung des Raumanzuges mehr eine Abschirmung der äußeren Hitze zu bewirken als eine in ihm entstehende Erwärmung zu verhindern, denn obwohl Margrit den Regler auf höchste Leistung gestellt hatte, war sie in Schweiß gebadet. Halbblind von dem in die Augen dringenden peinigenden Schweiß, hastete sie ihrem eigenen Schatten nach. Auf diese Weise konnte sie den Weg nicht verfehlen, denn die Sonne stand genau im Rücken, und wenn Margrit diese Richtung beibehielt, mußte sie auf die Gleise des Linienzuges stoßen. Margrit kniff die Augen zu, um den beißenden Schmerz zu mildern, den der eindringende Schweiß verursachte. Als sie die Augen wieder öffnete, schwamm der Boden unter ihren Füßen davon. Sie machte noch einige unsichere Schritte, taumelte und stürzte nieder.
Der Zeiger auf der Skala rückte unaufhaltsam weiter vor, der Sauerstoff reichte jetzt nur noch für eine halbe Stunde. Jochen spürte, daß es mit seiner Selbstbeherrschung bald zu Ende sein würde. Es war ein Fehler gewesen, nach der Station um Hilfe zu laufen. Margrit hätte zurück zu den Zwillingen oder zum Lager der Selenographen laufen sollen. Zwar gab es dort kein Rettungsflugzeug, aber man hätte von dort aus die Station anrufen können. Und der Weg wäre um fast eine Viertelstunde kürzer gewesen, vielleicht fehlten jetzt gerade diese Minuten. Jochen kämpfte gegen die aufkommende Panik an; er sagte sich, daß Margrit unmöglich schon die Station erreicht haben konnte. Es war unsinnig, zu verzweifeln, weil das Flugzeug noch nicht zu sehen war. Und doch

suchte er immer wieder den Horizont ab, blickte auf die Skala, verglich die Bewegung des Zeigers mit der Uhr und rechnete den noch vorhandenen Sauerstoff in Minuten um. Da er jedoch immer aufgeregter wurde, kam er schließlich durcheinander und erhielt die widersprüchlichsten Resultate. Von Angst getrieben, rechnete er aufs neue, um nur noch unsinnigere Ergebnisse zu erhalten. Jochen erkannte, daß er auf dem besten Wege war, die Beherrschung vollends zu verlieren. Er nahm seinen ganzen Willen zusammen, um sich zu beruhigen und keinen Blick mehr auf die Skala zu werfen. Doch im nächsten Moment ertappte er sich dabei, wie er wieder die Bewegung des Zeigers verfolgte. Die Zahlen begannen vor seinen Augen zu tanzen, und die Skala wurde größer und größer und verschwand vor seinen Augen.

Als sich Margrit wieder aufrichtete, hatte sie das Gefühl einer schrecklichen Leere. Sie schwankte hin und her, als ob ihr Gleichgewichtssinn verlorengegangen wäre, es schien kein Oben und Unten mehr zu geben. Als sie endlich einigermaßen sicher auf den Füßen stand, blickte sie auf die Uhr. Das Versagen ihrer Sinnesorgane hatte nur wenige Sekunden gedauert, also war noch nichts verloren. Ohne sich noch einen Augenblick auszuruhen, nahm sie ihren Lauf wieder auf, immer in Richtung ihres ihr vorauseilenden Schattens. Und obwohl sie von der Vorstellung beunruhigt wurde, keine Kontrolle mehr über ihre Bewegungen zu haben, geriet sie nicht mehr in die Gefahr zu stürzen, sondern schien mit traumhafter Sicherheit dahinzufliegen. Auch empfand sie keine körperliche Ermüdung. Und als sie die Gleise erreichte und die Station in geringer Entfernung liegen sah, spürte sie eine beflügelnde Kraft in sich, von

der sie wie auf Schwingen getragen wurde. Doch bemerkte sie jetzt mit Entsetzen, daß, je schneller sie lief, die Station sich immer weiter entfernte, wie ein Trugbild sich weiter entfernt, je näher man ihm zu kommen glaubt. Margrit hoffte verzweifelt, daß es nur eine Verkehrung ihres Gesichtssinnes sei, und sie hastete noch schneller dem sich weiter entfernenden Ziel nach.
Als er das Flugzeug, ein linsenförmiges und von Raketen getriebenes Gebilde, sah, sprang er auf und ruderte mit den Armen in der Luft, um sich bemerkbar zu machen. Er war gerettet! Alle Sorge war unnötig, alle Verzweiflung unsinnig gewesen. Margrit hatte es geschafft. Jochen fühlte sich wie neugeboren, als wäre ihm das Leben noch einmal geschenkt worden, von Margrit. Das würde sie für immer aneinanderbinden, sein Leben würde von jetzt an ihr gehören, nur ihr. Doch was war das? Die Maschine beschrieb einen Kreis, schraubte sich spiralenförmig in die Höhe, schwenkte ab und flog in Richtung der Zwillinge davon. Jochen winkte wie wild, doch es war vergeblich, die Maschine entfernte sich immer weiter. Doch jetzt kehrte sie wieder um und flog zurück; ihr Kurs verlief aber zu weit seitwärts, so daß Jochen unmöglich vom Flugzeug aus bemerkt werden konnte. In ohnmächtiger Verzweiflung ließ er die Arme sinken.

Der Pilot der Maschine wandte sich über die Schulter an Margrit. „In der Entfernung können wir uns nicht geirrt haben. Wir sind sicherlich nur etwas von der Richtung abgekommen. Fragt sich bloß, ob nach rechts oder nach links."
„Ich glaube, wir fliegen zu weit rechts."
„Aber sicher sind Sie sich nicht?"

„Nein." – „Dann ist es besser, wir umfliegen das in Frage kommende Gebiet und beschreiben immer engere Kreise. Das ist unter diesen Umständen die einzige Möglichkeit, ihn mit Sicherheit zu finden."

„Aber die Zeit! Damit verlieren wir doch viel Zeit! Sollten wir nicht doch ..."

Der Pilot schaute auf die Uhr.

„Wenn Ihre Angaben stimmen, müßte er noch für acht bis zehn Minuten Atemstoff haben. In dieser Zeit könnten wir es schaffen."

Ohne eine Antwort abzuwarten, brachte er das Flugzeug auf den neuen Kurs und begann das Gelände in immer kleiner werdenden Kreisen abzufliegen. Minute um Minute verstrich. Jetzt wurde auch der Pilot sichtlich besorgt.

„Er müßte uns doch längst gesehen haben, weshalb gibt er kein Signal?"

„Was für ein Signal?"

Der Pilot machte ein verblüfftes Gesicht. „Das ist wohl Ihr erster Ausflug auf dem Mond? Und Sie sind einfach losgestiefelt, ohne sich zu informieren, wie Ihre Ausrüstung funktioniert?"

„Aber so erklären Sie doch ..."

„Fassen Sie mal hinten an Ihren Gurt! Da steckt eine kleine Signalpistole."

Margrit zog die Pistole heraus. „Dann hat Jochen auch solch eine Pistole?"

„Gewiß, sie gehört zu jedem Raumanzug."

„Und er hat keine Ahnung davon! Wir müssen ihn ..."

„Aber wie?" Der Pilot dachte einen Augenblick nach, dann schien er auf eine Idee gekommen zu sein. „Das müßte gehen, es sei denn, Ihr Freund ist mit den Nerven schon so fertig, daß er nicht mehr logisch denken kann."

Jochen hatte den Flug der Maschine beobachtet und nach einiger Zeit den Sinn der Spiralen erkannt. Er ergab sich in sein Schicksal in der Hoffnung, noch rechtzeitig entdeckt zu werden. Ein Blick auf die Skala ließ ihn jedoch feststellen, daß er nur noch genau zwei Minuten zu leben hatte. Wie gebannt starrte er jetzt auf das Flugzeug. Da, sie schossen Signal! Jochen wollte aufspringen und winken. Doch da fiel ein Schatten über ihn.

„Dort! Dort!" rief Margrit. „Er hat Signal gegeben!"
Der Pilot zog bereits die Maschine herum, verringerte die Geschwindigkeit und steuerte den Boden an. „Das scheint noch mal gut gegangen zu sein. Die paar Sekunden wird der Stoff schon noch reichen."
Im nächsten Augenblick setzte die Maschine auf. Der Pilot bedeutete Margrit, in der Kabine zu bleiben, und sprang selbst hinaus.
Vor ihm stand der Roboter. Er trug Jochen auf den Armen.
„Hallo, KOLM sieben!" rief der Pilot, „das hat wieder mal funktioniert. Einen schönen Dank an den Schöpfer der Siebener!"
„Es funktioniert immer", sagte der Roboter, legte Jochen in die Arme des Piloten und stakte ohne ein weiteres Wort davon.
Der Pilot brachte Jochen in die Maschine.
„Allen hier eingesetzten Robotern", erklärte er, „ist ein Rettungsprogramm eingegeben. Sobald sie in ihrem Ortungsbereich einen liegenden Menschen ausmachen, geben sie Signal und leisten Erste Hilfe."
Als Jochen in der Maschine geborgen war, sackte er in sich zusammen. Auch Margrit war jetzt am Ende ihrer Kräfte; der Drang, ihm zu helfen, hielt sie je-

doch aufrecht, und sie stützte ihn, als der Pilot das Nachfüllgerät anschloß.
Binnen kurzem kam Jochen wieder zu sich. Als erste erblickte er Margrit, die über ihn gebeugt war. Jochen lächelte, und sie nickte ihm kaum merklich zu.
„Na also", sagte der Pilot und grinste, „da hat Ihnen der Mond was Schönes beschert, so was vergißt man sein Leben lang nicht mehr."

6.

Alfried Listen machte böse Miene zum bösen Spiel.
„Wie sind Sie nur auf den Liftboy gekommen?"
„Ich dachte, er hätte mir das Niespulver beigemischt", erklärte Hardy.
„Und da hatten Sie nichts Eiligeres zu tun, als mit einem Mordanschlag zu antworten? Nehmen Sie sich in Zukunft gefälligst zusammen, solche Kurzschlußreaktionen können uns alles verderben."
Listen vergewisserte sich, daß sie von niemandem beobachtet wurden, denn sie hatten sich diesmal nicht in der verlassenen Außenstation getroffen, was nach dem letztens dort Vorgefallenen verständlich war, sondern in den Anlagen des Planetariums.
„Es ist doch nichts passiert", verteidigte sich der Journalist. „Und wenn Rockhaus an die Signalpistole gedacht hätte, wäre er nicht einmal in Gefahr geraten."
„Und wenn Sie daran gedacht hätten, wäre Ihnen die Sinnlosigkeit Ihres Anschlages sofort klargeworden. Aber lassen wir das jetzt." Listen prüfte wieder die Umgebung mit mißtrauischen Blicken. „Nach Lage der Dinge kann es nur die komische Engländerin gewesen sein, die Ihnen das Niespulver verabreicht hat. Um

sich an Ihre Stelle setzen zu können, mußte sie verhindern, daß Sie zum Treff kommen. Nur habe ich keine Ahnung, weshalb sie das getan hat."
„Wenn Sie nicht in Ohnmacht gefallen wären, hätten Sie es sicherlich erfahren."
Listen wurde verlegen und wütend zugleich, was ihn noch wütender machte, so daß er seine Verlegenheit, zugleich aber auch die gebotene Vorsicht vergaß.
„Sie Niespulverheld!" schrie er, „ich möchte nicht wissen, was Sie getan hätten, wäre dieses Gespenst plötzlich vor Ihnen aufgetaucht!"
„Sie glauben doch nicht etwa an Gespenster?" sagte da die alte Engländerin, die unversehens, wie aus dem Boden gewachsen, vor ihnen stand.
Die beiden sprangen wie von einer Natter gebissen auf, starrten die Alte sprachlos an und fielen im nächsten Moment auf die Bank zurück.
„Ts, ts", machte Mrs. Haddock, „sind Sie aber schreckhaft. Dabei wollte ich mich nur einen Augenblick zu Ihnen setzen und ein wenig mit Ihnen plaudern."
Mrs. Haddock nahm ohne weitere Umstände neben beiden auf der Bank Platz.
„Es ist mir sehr recht", fuhr sie fort, „daß Sie nicht mehr zu der einsamen Außenstation gehen, der Weg dahin ist für meine alten Beine doch etwas beschwerlich. Wenn Sie sich hingegen im Planetarium treffen, könnte ich öfter einmal an Ihren Unterhaltungen teilnehmen."
„Was wollen Sie von uns?" rief jetzt Listen, der die Sprache wiedergefunden, seine Beherrschung aber vollends verloren hatte. Und er rief noch einmal mit schriller Stimme: „Was wollen Sie von uns?"
„Oh", sagte die alte Engländerin, „Sie flüstern ja nicht mehr? Ihre Stimme ist wiederhergestellt, das freut

mich aber für Sie. Ja, ja, der Mond hat schon manchen geheilt."
Listen hätte sich ohrfeigen können.
„Danke", sagte er mit einem mühsamen Lächeln, „es ist immer nur ein kurzer Augenblick, in dem ich im Vollbesitz meiner Stimme bin. Wie Sie hören, ist der Augenblick leider schon wieder vorbei."
„Ich verstehe", meinte Mrs. Haddock, „es ist ein heimtückisches Leiden. Und Sie, Herr Hardy", wandte sie sich jetzt an den Journalisten, „leiden Sie auch?"
Hardys Stimme klang in der Tat leidend, als er sagte: „Woher wissen Sie meinen Namen?"
„Oh, ich weiß manches", meinte Mrs. Haddock, „Herr Listen kann Ihnen das bestätigen. Ich weiß manches", wiederholte sie und stupste ihr ohnehin zu weit vorn sitzendes Hütchen noch weiter in die Stirn, „und wenn Ihnen mein Wissen etwas wert sein sollte, brauchen Sie es nur zu sagen."
„Wie sollen wir das verstehen?" fragte Hardy.
„Verstehen Sie es zu unserem beiderseitigen Vorteil", erklärte die Alte. „Callington erhielt, bevor er sich hochschießen ließ, von der Firma Douglas fünfzigtausend Dollar. Den gleichen Betrag sollte er erhalten, wenn er wieder herunterkommt. Wenn Sie diese fünfzigtausend Dollar mir anvertrauen, werde ich niemandem erzählen, warum Callington sie bis heute noch nicht bekommen hat."
Die beiden starrten die Alte entgeistert an.
„Sie wissen . . .", flüsterte Listen.
Mrs. Haddock zauberte ein stilles Lächeln auf ihr vertrocknetes Gesicht. „Ich sagte Ihnen doch, ich weiß manches."

Der Vorhang war wieder einmal bis auf den schmalen Spalt geschlossen, und der eindringende Sonnenstrahl

teilte das Zimmer in zwei ungleiche Hälften. Simin wich dem Strahl aus und trat an Howalds Schreibtisch. „Hat die Leitstelle in Nizza inzwischen auf unseren Bericht geantwortet?"
„Ja."
„Und?"
„Sie haben unseren Bericht und die Inventarliste unserer kriminaltechnischen Ausrüstung in den Computer geworfen, um herauszubekommen, ob wir hier über die nötigen Mittel zur Aufklärung des Falles verfügen. Vermutlich hat man auch unsere Qualifikationsdiagramme dazugegeben."
Simin grinste. „Dann ist man gewiß zu dem Ergebnis gekommen, daß wir über die nötigen Mittel verfügen."
„Stimmt. Für alle Fälle hat aber die Leitstelle sämtliche Zweigstellen auf direkte Verbindung mit uns geschaltet, so daß wir jederzeit alle erforderliche Hilfe aus allen Ecken der Welt erhalten."
„Und sonst?"
„Ganze zwei Sätze: ‚Vermeiden Sie jede Brüskierung der Firma Douglas, solange keine ausreichenden Beweise vorliegen. Ansonsten haben Sie freie Hand.' Das ist alles."
„Das ist doch genug. Oder hatten Sie erwartet, daß uns die Leitstelle die Lösung des Falles serviert?"
„Das nicht, aber ich hatte gehofft, einiges Material über die Beziehungen Hardys und Listens zu Douglas zu erhalten."
Simin stützte die Arme auf Howalds Schreibtisch und blinzelte belustigt mit den Augen. „Douglas wird sich nicht gerade solche Leute ausgesucht haben, deren Beziehungen zu ihm bereits an Amtsstelle bekannt sind."
Simin trat vom Schreibtisch zurück und lief mit

schnellen Schritten im Zimmer hin und her, ohne den einfallenden Sonnenstrahl weiter zu beachten. „Wie weit sind wir mit dem Fall Rockhaus? Haben Sie Tatmotive ermittelt?"
„Nein, jedenfalls keine ausreichenden."
„Was heißt ausreichend? Auf dem Mond sind die auf der Erde geltenden Relationen von Motiv und Tat nicht ohne weiteres anwendbar. Kriminelle Leute kommen sich hier ziemlich verlassen vor; ihnen fehlt die gewohnte Umgebung, sie verlieren ihre Sicherheit und geraten bei der kleinsten Schwierigkeit in Panikstimmung. Vor allem solche selbstherrlichen Charaktere wie dieser Hardy sind dafür anfällig."
„Wir sollten uns nicht mit derartigen Vermutungen abgeben", meinte Howald. „Die Expertise besagt, daß an Rockhausens Atemgerät ein Dichtungsring durch eine einfache Metallscheibe ersetzt wurde, was ein unmerkliches, aber stetiges Ausströmen von Sauerstoff zur Folge hatte. Das ist keine Vermutung, sondern ein Fakt. Ein weiterer Fakt ist, daß Margrit Messmer völlig erschöpft an der Rettungsstation anlangte; ein Fakt ist es aber auch, daß sie, nach Aussage des Piloten, der uns den Vorfall meldete, die Maschine verkehrt einwies, so daß die Rettungsaktion erfolglos gewesen wäre, hätte nicht der Pilot den Einfall gehabt, Rockhaus zum Signalgeben zu animieren. Fakt ist schließlich, daß sowohl Margrit Messmer als auch Hardy Gelegenheit hatten, an das Atemgerät heranzukommen. Allerdings hätte der Journalist einige Schwierigkeiten gehabt, zu erfahren, welches Gerät Rockhaus benutzen würde. Diese Schwierigkeit bestand für Margrit Messmer nicht. Das sind die Fakten. Hinzu kommt, daß die Frau unter falschem Namen auftritt, was wir von Listen und Hardy bis jetzt nicht sagen können."

„Sie vergessen die alte Engländerin", warf Simin ein. „Sie ist doch Ihre Entdeckung."

„Richtig, Mrs. Haddock." Howald griff zum Telefon und ließ sich mit der kriminaltechnischen Abteilung verbinden. Bevor die Verbindung hergestellt war, sagte er zu Simin: „Ich habe mir eine Fotokopie ihrer Eintragung ins Gästebuch des Kurhauses besorgt, um eine Expertise ihrer Handschrift anfertigen zu lassen."

„Ihrer Handschrift . . .?"

Jochen Rockhaus hatte einige Tage freibekommen, um sich von dem verunglückten Ausflug erholen zu können. Überdies hatte ihm Personalchef Mangold angeraten, für die nächste Zeit auf solche Exkursionen zu verzichten. Jochen hatte den Rat dankend angenommen, noch mehr aber die freie Zeit, die ihm Gelegenheit gab, einige Tage ungestört mit Margrit zusammen sein zu können. Er hatte sich auch sogleich mit ihr verabredet, und sie saßen eben jetzt im Barraum des „Babylon", um zu beratschlagen, was sie diese Tage unternehmen wollten. Da beide nicht vergessen hatten, daß Margrit im Augenblick der großen Gefahr, in der sich Jochen befunden hatte, vom Sie zum Du übergegangen war, beide aber nicht sicher waren, ob der andere es in der Aufregung überhaupt bemerkt hatte, vermieden sie die direkte Anrede, was sie auf die Dauer in immer größere Verlegenheit brachte. Endlich wurde es Jochen zu dumm, und er faßte Mut und sprach Margrit mit du an. Als es heraus war, blickte er sie verstohlen an. Und als er bemerkte, wie sie erleichtert aufatmete, atmete auch er erleichtert auf. Und als sie wechselseitig ihre Erleichterung feststellten, lachten beide laut heraus und wollten auf gar keinen Fall wieder aufhören. Erst als

Jochen sah, wie der Barmixer einem Kollegen ein Zeichen gab, worauf dieser sich unauffällig näherte, mäßigte er sich.
„Hör auf", sagte Jochen, „die Leute scheinen anzunehmen, wir seien vom Mondrausch befallen. Der Kellner dort hat schon die Hand an der Spritze, um uns eine Dosis zu verabreichen."
Jochens Worte bewirkten jedoch, daß Margrit nur noch toller lachte, bis ihr die Tränen übers Gesicht liefen. Der Kellner trat noch einige Schritte näher heran, schien sich seiner Sache aber nicht ganz sicher zu sein. Er wußte, daß Jochen Rockhaus zum Personal gehörte und daher verpflichtet war, innerhalb des „Babylon" auftretende Fälle von Mondrausch zu unterbinden. Und als Margrit sich endlich erschöpft in den Sessel zurückfallen ließ und keinen Laut mehr von sich gab, zog er sich diskret zurück.
„Das ist noch einmal gut gegangen", meinte Jochen, „einen Augenblick länger, und der Mann hätte seine Pflicht erfüllt."
„Sei doch endlich still", bat Margrit mit der ernstesten Miene, „sonst geht es bei mir gleich wieder los."
Und als er das Zucken in ihren Mundwinkeln bemerkte, glaubte er ihr aufs Wort. Also schwieg er eine Weile, und auch sie schwieg; und beide hatten das Gefühl, daß sie sich auch ohne Worte verstanden. Schon als er das Du ausgesprochen und beide erleichtert aufgeatmet hatten, war beiden im gleichen Augenblick bewußt geworden, daß einer den anderen nicht nur durchschaute, sondern daß sie auch noch das größte Vergnügen daran hatten, vom anderen durchschaut zu werden. Und eine eigenartige Vertrautheit war über sie gekommen, als ob sie ein Geheimnis miteinander hätten, das nur ihnen allein gehörte.

Auch als sie sich jetzt ansahen, hatten beide das beglückende Gefühl, daß sie das gleiche empfanden und das gleiche Vergnügen daran hatten, ihre Empfindungen nicht vor dem anderen verbergen zu können.
Endlich brach Jochen das Schweigen.
„Da wir nun einmal soweit sind", sagte er, „bleibt ja wohl nichts mehr zu sagen übrig, was sich nicht von selbst versteht, und ein Heiratsantrag wäre ein Rückfall in ein Stadium, das wir längst hinter uns haben."
„Schade", meinte Margrit, „gewisse Selbstverständlichkeiten höre ich nämlich sehr gern."
„Habe ich gesagt, daß ich sie nicht gern höre?"
„Na schön", erklärte Margrit, „dann übernehme ich es, den Heiratsantrag zu machen, was hiermit geschehen ist. Aber jetzt mußt du mir auch etwas Selbstverständliches sagen."
„Ich liebe dich."
Und auch jetzt geschah etwas Selbstverständliches, denn Margrit fiel Jochen um den Hals, und Jochen hob sie wie eine Feder hoch und wirbelte mit ihr durch den Raum, daß Stühle und Tische in Gefahr gerieten und der Barmixer wieder zu seinem Kollegen schielte. Doch der winkte ab, er hatte wohl endlich begriffen, daß die beiden nicht vom Mondrausch, sondern von einer Krankheit befallen waren, gegen die das stärkste Beruhigungsmittel machtlos ist.

7.

In Lunastadt war eine Delegation von Kommunalpolitikern aus Poseidon eingetroffen, unter ihnen der Bürgermeister der Tiefseestadt. Beide Städte verband eine traditionelle Freundschaft, die sich wohl aus

ihrer völlig entgegengesetzten Lage erklärte. Während Lunastadt sozusagen die höchstgelegene Stadt der Menschheit war, mußte man Poseidon als die am tiefsten liegende ansehen, denn sie befand sich dreitausend Meter unter dem Meeresspiegel auf dem Grunde des Atlantik. Zugleich waren es aber auch die Gemeinsamkeiten, die beide Städte miteinander verbanden, denn beide waren von den natürlichen Lebensbedingungen abgeschnitten, und ihre Bewohner mußten sich, von der Luft angefangen weitgehend durch von ihnen künstlich geschaffene Lebensbedingungen erhalten. Überdies waren sie die beiden ersten internationalen Städte. Sie gehörten keinem bestimmten Staat an, sondern unterstanden direkt dem Exekutivorgan der AMA, der Allgemeinen Menschheitsassoziation. Sie waren sozusagen allgemeinmenschlich. Daraus erklärt sich auch das eigentümliche Selbstbewußtsein, das die Bewohner beider Städte auszeichnete und dem sie in allen ihren Handlungen und in ihrem Auftreten unbekümmert Ausdruck verliehen. Und wenn Vertreter beider Städte aufeinandertrafen, legten sie es darauf an, sich darin gegenseitig zu überbieten und sich zugleich deshalb zu verspotten. So begrüßte denn auch der Bürgermeister von Lunastadt seinen Kollegen mit den Worten: „Willkommen auf dem Mond, wo Ihnen die ungetrübte Sonne lacht, die Sie in Ihrem finsteren Reich nur auf Ansichtspostkarten sehen können."
Tatsächlich legte der Bürgermeister von Lunastadt jedem Brief, den er seinem Kollegen schickte, eine Ansichtspostkarte der Sonne bei.
Doch der Bürgermeister von Poseidon kannte sich in den Spielregeln aus. Also entgegnete er: „Wir danken für den Willkommensgruß und hoffen, während unseres kurzen Aufenthaltes von der unbedeckten Sonne

keinen Schaden zu nehmen, was bei einem längeren Aufenthalt leicht geschehen könnte."
Unter diesen und anderen Anspielungen und dem dazugehörigen Gelächter begaben sich die Herren in das Amtszimmer des Stadtoberhaupts von Lunastadt, um das Besuchsprogramm festzulegen. Einer der Hauptpunkte sollte diesmal eine Ausstellung sein, die einen Einblick in die Arbeitsbedingungen und die Forschungsergebnisse der Tiefseewissenschaftler gab. Zugleich sollte diese Ausstellung einen Eindruck vom Alltagsleben in Poseidon vermitteln. Ein weiterer Punkt des Besuchsprogramms war die kurz bevorstehende Ankunft des Skaphandermannes in Lunastadt. Die Poseidoner hatten nur selten Gelegenheit, unmittelbar über Raumexperimente unterrichtet zu werden, weshalb sie wenigstens einmal einen der Männer sehen wollten, die soviel von sich reden machten. Doch als sie darauf zu sprechen kamen, machte der Bürgermeister von Lunastadt ein etwas unglückliches Gesicht, was seinen Poseidoner Kollegen veranlaßte zu fragen, ob Callington seinen Besuch abgesagt habe.
„Mir wäre wohler, wenn er ihn abgesagt hätte", meinte der Lunastädter. „Schon seit einiger Zeit verbreiten sich Gerüchte, daß an der Geschichte etwas faul sei. Leider habe ich noch keine greifbaren Anhaltspunkte. Auch die AMA hat bisher noch keinen Fingerzeig gegeben. Also muß ich die Vorstellung über die Bühne gehen lassen, selbst auf die Gefahr hin, einem Schwindel aufzusitzen, über den die ganze Welt in Lachkrämpfe fällt, sobald er herauskommt."
Die Poseidoner waren schon jetzt nahe daran, sich die Bäuche zu halten, denn sie erinnerten sich an den Reinfall mit dem davongelaufenen Artisten, der sich

als Bewohner eines fremden Sterns ausgegeben und die Lunastädter in den Ruf gebracht hatte, den Schildbürgern erfolgreich Konkurrenz zu machen.
Und einer der Poseidoner spielte auf diesen Vorfall an, als er sagte: „Über solch eine Wendung der Dinge würden wir keinesfalls traurig sein; ich hab es immer bedauert, seinerzeit nicht selbst miterlebt zu haben, wie die Lunastädter keine Mühe scheuten, einen Hochstapler weltberühmt zu machen. Bis das Gelächter darüber zu uns hinunter gedrungen war, hatte es seine besten Kräfte bereits eingebüßt."
Der Lunastädter Bürgermeister machte gute Miene zum bösen Spiel und meinte, nun sei er aller Sorgen enthoben, da seine Gäste offenbar aufs beste zufriedengestellt sein würden, wenn man ihnen einen ausgemachten Schwindler vorsetzte.
Listen und Hardy waren von dem mysteriösen Wesen der alten Engländerin in einem Maße schockiert, daß sie sich sogleich bereit erklärt hatten, die von ihr geforderten fünfzigtausend Dollar zu zahlen. Allerdings hatten sie im Augenblick noch keine Vorstellung, wie sie diese Summe aufbringen sollten, und sie waren gezwungen, Mrs. Haddock um zwei oder drei Tage Geduld zu bitten, womit diese ohne weiteres einverstanden war.
Danach hatte sich die alte Dame erhoben und war, von den wütenden Blicken der beiden verfolgt, mit kleinen Schritten davongetrippelt, um das Planetarium zu verlassen. Kurz vor dem Ausgang war sie an einer im Gebüsch verborgenen Bank vorbeigekommen, und obwohl der dort sitzende Mann von den Zweigen fast völlig verdeckt war, hatte sie ihn mit einem Blick erkannt. Sie wandte blitzschnell ihr Gesicht zur anderen Seite und beschleunigte ihren Schritt; und als sie sich ein Stück entfernt hatte,

blickte sie vorsichtig zurück, um festzustellen, ob der Mann sitzen geblieben war. Da eben stand er auf, ging jedoch entgegen ihrer Befürchtung nach der anderen Seite davon. Mrs. Haddock blieb noch eine Weile stehen, um sich zu vergewissern, daß der andere wirklich nicht daran dachte, sie zu verfolgen, und wandte sich, als sie dessen sicher war, dem Ausgang zu. Dort drehte sie sich jedoch wieder um und ging, von einem schnellen Entschluß getrieben, dem Mann nach. Wenn sie Vorkehrungen dagegen treffen wollte, daß das plötzliche Auftauchen dieses Mannes ihre Pläne zunichte machte, mußte sie unbedingt wissen, in welchem Hotel er abgestiegen war.

Wili war sich darüber im klaren, daß Jochen seine Warnung in den Wind schlagen würde. Trotzdem hielt er es für seine Pflicht, nichts unversucht zu lassen, und hatte ihn um eine Aussprache gebeten. Jochen hatte sich über den ernsten Ton, in dem Wili seine Bitte vorbrachte, ein wenig gewundert, war aber sofort einverstanden gewesen.
Und als Wili jetzt in Jochens Zimmer trat, wurde er mit der auf dem Mond üblichen Unbefangenheit, die sich jeder schnell zu eigen machte, empfangen.
„Na", rief Jochen, „was soll auf einmal das ernste Gesicht? Du glaubst doch nicht etwa, das Unglück bei den Zwillingen steckt mir noch in den Knochen und du müßtest dir Sorgen um mich machen?"
Wili nahm auf dem ihm angebotenen Stuhle Platz. „Eben deshalb komme ich zu dir. Es war kein Unglücksfall im üblichen Sinne; wie ich erfahren habe, war dein Atemgerät absichtlich defekt gemacht worden."
Jochen machte ein ungläubiges Gesicht. „Das kann doch nicht dein Ernst sein! Ein Mordanschlag auf

dem Mond? Wer sollte denn auf solch eine irrsinnige Idee kommen?"

Wili hob die Schultern. „Das mußt du dich selber fragen. Jedenfalls scheint es sicher zu sein, daß hier einiges im Gange ist, und Margrit Messmer ist daran nicht unbeteiligt. Vielleicht bist du durch deine Verbindung zu ihr für bestimmte Leute zu einer Gefahr für ihre Pläne geworden."

„Zu einer Gefahr?"

„Womöglich befürchtet jemand, du könntest durch Margrit Messmer von Dingen erfahren, die das Licht der Öffentlichkeit zu scheuen haben. Oder man glaubt, dein ständiges Zusammensein mit ihr könnte sie daran hindern, eine ihr übertragene Aufgabe zu erfüllen."

„Das kann ich nicht glauben!" rief Jochen. „In einem wie im anderen Falle müßte Margrit an einer unsauberen Geschichte beteiligt sein."

„Der Defekt an deinem Atemgerät war eine unsaubere Geschichte, das ist eine Tatsache."

„Aber was hat das mit Margrit zu tun?"

„Der Pilot behauptet, daß sie die Rettungsmaschine verkehrt eingewiesen hat."

„Aber das kann doch jedem passieren! Sie war völlig erschöpft; als sie an der Station ankam, litt sie an Sinnestäuschungen und mußte mit einem Elektroschock behandelt werden."

Was Wili befürchtet hatte, bestätigte sich. Jochen ließ keine Gründe gelten, die auch nur einen Schatten auf das Bild warfen, das er sich von Margrit Messmer gemacht hatte. Wili versuchte es jetzt auf andere Weise.

„Du mußt mir glauben, Jochen, wenn ich dir versichere, daß ich nicht zu dir gekommen bin, um Margrit Messmer zu verdächtigen. Aber immerhin hat man

dich absichtlich in Lebensgefahr gebracht; und ich werde alles tun, um dich vor weiteren Gefahren zu warnen. Selbst dann, wenn ich deine Gefühle gegenüber Margrit Messmer verletzen muß."
Jochen legte seine Hand auf Wilis Arm. „Ich weiß, daß dich nur lautere Gründe bewogen haben, mit mir über diese Geschichte zu reden. Was jedoch Margrit anbelangt, so laß sie bitte aus dem Spiel; ich kenne sie gut genug, um ihr unbedenklich zu vertrauen."
Wili wollte das Gespräch nicht beenden, ohne Jochen noch auf einen merkwürdigen Umstand aufmerksam gemacht zu haben.
„Vielleicht hast du schon davon gehört, daß der Mensch, sobald er einige Zeit auf dem Mond lebt, infolge der geringen Schwerkraft Fähigkeiten offenbart, von denen er vorher selber keine Ahnung hatte. Wir haben ja auf der Erde einen ähnlichen, allerdings nicht durch die Schwerkraft, sondern durch die gesellschaftliche Entwicklung bedingten Vorgang erlebt. Als wir die Bedrohung durch die Mächte des Alten bis auf den letzten Rest beseitigt und die Last der Vergangenheit endgültig abgeworfen hatten, wurden die Menschen zusehends gelöster, sie begeisterten sich für Dinge, an die sie vorher nicht einmal gedacht hatten, und offenbarten Eigenschaften, die bis dahin für unerreichbar gehalten wurden. Die geringe Schwerkraft des Mondes hat eine ähnliche Wirkung. So wird hier fast jeder zu einem perfekten Schauspieler. Und wer unlautere Absichten verfolgt, kann diese Fähigkeit dazu verwenden, einem anderen in solcher Vollendung etwas vorzuspielen, daß es einfach unmöglich ist, ihn zu durchschauen."

8.

Howald ließ sich vom Leiter des Hotels „Big Paul" die Treppe hinauf zum ersten Stock führen. Das „Big Paul" war das kleinste Hotel in Lunastadt und verfügte nur über ein halbes Dutzend Zimmer. Herr Paul, ein Lateinamerikaner von beträchtlichem Leibesumfang, öffnete die Tür, auf der die Nummer fünf stand.

„Das ist sein Zimmer; er hat es fast nie verlassen, und wenn, dann nur für wenige Minuten. Sogar sein Essen ließ er sich heraufbringen. Gestern war er das erstemal für eine Stunde aus dem Hause. Das war am Nachmittag. Abends ging er dann noch einmal fort, er sagte, er wolle sich nur ein wenig die Füße vertreten. Aber er ist nicht zurückgekommen; als ich heute morgen das Frühstück heraufbrachte, fand ich das Bett unberührt."

„Und weshalb haben Sie erst heute mittag davon Meldung gemacht?"

Paul breitete die Arme aus. „Wer denkt denn gleich an etwas Schlimmes?"

„Das sollte man allerdings nicht tun. Na, lassen wir das."

Howald sah sich im Zimmer um und nahm sich als erstes den Kleiderschrank vor, danach den Tisch und das Nachtschränkchen. In diesem fand er einen angefangenen Brief.

„Hoppla!" rief Howald, „der Brief ist ja an meine Dienststelle gerichtet. Leider enthält er nur die Anrede und die übliche Floskel, mit der man einen Brief an eine Behörde beginnt. Hat Herr Olsen, unter diesem Namen war er doch wohl bei Ihnen eingetragen, hat Herr Olsen irgendwie einmal eine Andeutung gemacht, daß er sich bedrückt oder bedroht fühlte?"

„Nicht im geringsten", meinte der Hotelier, „er schien eher vergnügt zu sein, so als ob ihm ein freudiges Ereignis bevorstünde. Manchmal lächelte er sogar ohne sichtbaren Grund, so daß ich nahe daran war zu glauben, er sei nicht ganz richtig im Kopf."
„Und sonst ist Ihnen nichts Bemerkenswertes aufgefallen?"
„Nein. Daß er fast niemals sein Zimmer verließ, sagte ich Ihnen ja bereits. Sonst ist mir nichts an ihm aufgefallen."
„Hatten Sie den Eindruck, daß er von niemandem gesehen werden wollte und deshalb, soweit es irgend anging, auf seinem Zimmer blieb?"
„Wenn er nicht stets so vergnügt gewesen wäre, vielleicht. Aber so nahm ich eben an, er sei ein bißchen verrückt."
Howald steckte den angefangenen Brief ein und verabschiedete sich.
„Jedenfalls danke ich Ihnen für Ihre Meldung und Ihre Auskünfte. Vermutlich muß ich Sie noch einmal aufsuchen, um das Zimmer eingehender zu prüfen. Lassen Sie es bis dahin bitte unberührt."
In sein Büro zurückgekehrt, unterrichtete Howald Simin vom Ergebnis der Ermittlungen. Danach zog er den Brief hervor.
Simin hatte kaum einen Blick darauf geworfen, als er ausrief: „Sind Sie blind? Das ist doch der Mann, der uns den anonymen Brief geschrieben hat! Ich will Howald heißen, wenn das nicht die gleiche Handschrift ist!"
„Und ich Simin", entgegnete Howald, „wenn ich das nicht ebenfalls auf den ersten Blick gesehen habe."
„Und da reden Sie erst eine halbe Stunde lang über das heitere Gesicht des Mannes! Mit dem Brief haben wir endlich einen wichtigen Fakt in der Hand."

„Der Umstand, daß dieser Herr Olsen stets ungemein vergnügt war, scheint mir nicht weniger wichtig."
Da Simin nicht erkennen konnte, was Howald für ein Gesicht schnitt, lief er zum Fenster und riß den Vorhang zur Seite.
Dann drehte er sich um und blickte Howald forschend an.
„Und weshalb erscheint Ihnen dieser Umstand so wichtig?" fragte er jetzt.
„Wahrscheinlich hat sich Olsen deshalb so ungemein amüsiert, weil er sich ausmalte, wie wir an seinem anonymen Brief herumknobeln."
„Sie scheinen heute Ihren witzigen Tag zu haben."
„Ich nehme an", erklärte Howald mit ernster Miene, „Olsen hat den Brief geschrieben, um Callington in ein ungünstiges Licht zu setzen. Vermutlich stammen auch die entsprechenden Gerüchte von ihm, denn sie laufen auf das gleiche hinaus. Der Bürgermeister hat daraufhin den Festschmuck von der Tribüne wieder abnehmen lassen."
„Und weil ihm das gelungen ist, macht Olsen ein vergnügtes Gesicht?" Simin hüpfte aufgeregt von einer Wand zur anderen, pflanzte sich plötzlich vor Howald auf und rief: „Und weshalb das ganze Störmanöver? Um dem alten Douglas eins auszuwischen? Ein von der Konkurrenz gedungener Provokateur?"
„Das wäre eine Erklärung."
Simin schüttelte heftig den Kopf.
„Und wie erklären Sie dann das verdächtige Treiben von Listen und Hardy?"
„Sie haben die Aufgabe, für einen störungsfreien Ablauf der Schau zu sorgen."
„Und jeden, der das gefährdet, von der Bildfläche verschwinden zu lassen, siehe Olsen."
„So ungefähr."

Simin schüttelte den Kopf noch heftiger. „Ihre verfluchte Logik bringt Sie noch einmal um den Verstand! Weil das alles in der Theorie so schön aufgeht, muß es sich Ihrer Meinung nach auch in der Wirklichkeit so zutragen. Weil Callington gen Himmel geflogen und wieder zurückgekommen ist, muß Douglas in Wirklichkeit die Voraussetzungen dafür gehabt haben. Und wenn er sie nicht im eigenen Werk geschaffen hat, muß er sie, vermutlich in Mirograd, gestohlen haben. Und da Listen und Hardy nicht hierherauf kommen werden, um zu stehlen, was sie schon haben, bleibt ihnen nur die Aufgabe, die Schau abzuschirmen."

„Immerhin sollten wir uns in Mirograd erkundigen, welche Möglichkeiten während der Zeit vor dem Start Callingtons bestanden, um an die technischen Daten heranzukommen."

„Tun Sie das; aber vergessen Sie nicht zu fragen, welche derartigen Möglichkeiten im Augenblick bestehen."

Das Stadthaus, in dem der Bürgermeister residierte, war wie die meisten öffentlichen Gebäude Lunastadts ein Rundbau. Das halbkugelförmige Dach überragte das Gebäude ringsum um etwa fünf Meter und ruhte mit dem Rande auf mächtigen Säulen. Der weitläufige Vorplatz war zu einem kunstvollen Blumengarten gestaltet und von einer Hecke umsäumt, die von den verschiedenartigsten Vögeln bevölkert wurde.

Margrit und Jochen hatten einen Bummel durch Lunastadt gemacht und sich soeben auf einer Bank im Blumengarten niedergelassen, um ein wenig in der wie ein riesiges Treibhaus wirkenden Anlage zu verweilen und sich an der Blumenpracht und an dem Gesang und Gezwitscher der Vögel zu erfreuen. Die aus tropischen und gemäßigten Zonen der Erde auf den Mond verpflanzten Tiere schienen sich hier wie zu Hause zu fühlen und bemühten sich, die Besucher des Blumengartens nach besten Kräften zu unterhalten; und wer zu dicht an der Hecke saß, konnte sein eigenes Wort nicht verstehen.

Jochen hatte den Arm um Margrits Schulter gelegt, und beide schauten zum Stadthaus hinüber, aus dem soeben die vom hiesigen Bürgermeister begleitete Delegation aus Poseidon trat, um eine Stadtrundfahrt zu unternehmen.

„Lunastadt scheint mehr Besucher als Einwohner zu haben", meinte Jochen, „die Leute, die dort in den Straßenzug steigen, sind doch sicherlich auch nicht von hier."

„Es sind Poseidoner."

„Aus der Tiefseestadt?" Es schien, als wollte Jochen aufspringen und hinüberlaufen. „Ich muß unbedingt mit ihnen sprechen! Hoffentlich bleiben sie noch einige Tage in Lunastadt."

„Die Leute scheinen dich ja ungemein zu interessieren."

„Wie sollten sie das nicht? Ein guter Bekannter von mir ist zur gleichen Zeit, als ich hierherkam, nach Poseidon gegangen, um dort zu arbeiten. Wir haben zusammen die Schule besucht; er ist Biotechniker und erforscht die Widerstandsfähigkeit lebender Organismen gegen große Drücke. In der Tiefseestadt findet er dafür ein ideales Arbeitsfeld."

„Und jetzt möchtest du erfahren, ob er schon einige sensationelle Entdeckungen gemacht hat."

Jochen lachte. „Das glaube ich nicht, er ist ein ziemlich langsamer Denker. Oder genauer gesagt: ein übertrieben gründlicher. Er geht keinen Schritt über die Straße, bevor er nicht genau weiß, auf welche

Erd- oder Gesteinsschichten oder was weiß ich was er tritt; und das von der Schuhsohle bis zum Erdmittelpunkt."
Jetzt lachte auch Margrit. „Auf diese Weise kommt er allerdings nur langsam voran, immerhin wird ihm kaum ein Fehltritt unterlaufen."
„Das ist so gewiß wie die Tatsache, daß sich die Erde um sich selber dreht. Und was er einmal als richtig erkannt hat, verteidigt er gegen jeden Zweifel, mag da kommen, wer will."
Jochen hatte die letzten Worte mit einem merkwürdigen Unterton gesagt, und Margrit schaute ihn verwundert an.
„Was ist mit dir, Jochen? Ich habe schon die ganze Zeit gespürt, daß du etwas mit dir herumträgst. Was wolltest du damit sagen: Was er einmal als richtig erkannt hat, verteidigt er gegen jeden Zweifel, mag da kommen, wer will? Wolltest du dich damit selber bestärken und mir versichern, daß du dich in deiner Haltung mir gegenüber von niemandem beeinflussen läßt?"
Jochen schaute Margrit verblüfft an, zugleich aber spürte er, wie es ihn mit allen Fasern seines Wesens zu ihr hinzog. Sie hatte ihn verstanden, noch ehe er ein Wort gesagt hatte, so wie er einst als Kind von seiner Mutter verstanden worden war, wenn er sich vor einer Gefahr zu ihr geflüchtet hatte und sich nun zu Hause und geborgen fühlte. Und die gleiche Vertrautheit, die er damals empfunden hatte, rührte ihn auch jetzt wieder an.
„Wie ist so etwas möglich?" sagte er, „ich habe noch kein Wort gesagt, und du weißt schon alles."
„Das ist, weil wir uns lieben. Wer liebt, hat das Bedürfnis, sich dem anderen anzuvertrauen, mehr als sich selbst. Und der andere ist glücklich darüber und

empfängt deshalb mit allen Sinnen, die ihm die Liebe geschärft hat, die ausgesandte Botschaft. Übrigens ist es immer die gleiche, sie lautet: Ich liebe dich. Nur ihre Form ist das eine oder das andere Mal verschieden."

„Oje", meinte Jochen, „da habe ich ja ein gescheites Weib erwischt. Und wie du dich auszudrücken verstehst, als ob du darauf studiert hättest."

„Ich staune selber darüber", entgegnete Margrit lachend. „Wenn man schöne Gefühle hat, fallen einem eben auch schöne Worte ein; Denken allein würde wohl eine häßliche Sprache machen oder sie ganz und gar austrocknen. Jetzt mußt du mir aber endlich erzählen, was dir über den Weg gelaufen ist."

„Wili –, er hat mich vor dir gewarnt."

„Wili?" rief Margrit erstaunt, „das ist doch nicht möglich! Ich halte ihn für einen anständigen Menschen; er wird niemals etwas Unrechtes tun."

„Er hat erfahren, daß das Versagen des Atemgerätes kein unglücklicher Zufall war, sondern bewußt verursacht wurde."

„Ein Mordanschlag?"

Margrit wurde mit einemmal blaß und faßte nach Jochens Arm, als müsse sie sich anklammern.

„Und der Pilot, der den Einsatz flog", berichtete Jochen weiter, „hat in seiner Meldung erwähnt, daß du ihn verkehrt eingewiesen hast."

„Aber das ist doch Wahnsinn! Ich war . . ."

„Ich weiß, du brauchst mir nichts zu erklären. Darum geht es auch nicht. Worüber ich mir Gedanken mache, ist der absichtlich verursachte Defekt. Wili vermutet, daß die enge Beziehung zwischen uns beiden einigen Leuten ihr Konzept verdirbt, wahrscheinlich denkt er dabei vor allem an den Journalisten."

„Hardy? Dem habe ich deutlich genug zu verstehen

gegeben, daß er sich keine Hoffnungen zu machen braucht."

„Was treibt er eigentlich hier?"

„Er ist wegen Callington hergekommen. Du hast doch von dessen Skaphandersprung gehört. In zwei Tagen kommt er nach Lunastadt, um den üblichen Zauber zu veranstalten –, und Hardy hat von meinem Vater den Auftrag, für die nötige publicity zu sorgen. Ich übrigens auch."

„Moment mal! Was hat dein Vater damit zu tun?"

„Mein Vater ist Arthur Douglas, der Besitzer der Douglas-Werke in Cleveland."

„Aber dann verstehe ich nicht . . ."

„Weshalb ich hier unter dem Namen Messmer herumlaufe? Das verstehe ich selber nicht ganz. Vater hat mich darum gebeten. Es ist der Mädchenname meiner Mutter; gewöhnlich veröffentliche ich meine Fotoreportagen unter diesem Namen. Ich fotografiere fast ausschließlich Unternehmungen meines Vaters, und da sieht es dumm aus, wenn ich den gleichen Namen verwende. Ansonsten benutze ich ihn nie, es ist hier das erstemal der Fall."

Als Jochen ein nicht gerade glückliches Gesicht machte, fuhr sie ihm mit der Hand durch das Haar und lachte. „Mein Vater hat manchmal etwas eigenartige Marotten, ich habe mich jedoch deshalb nie mit ihm gestritten. Es lohnt sich nicht."

„Trotzdem, mit dem Namen, das will mir nicht gefallen."

„Wahrscheinlich ist mein Vater diesmal besonders daran interessiert, niemandem auf die Nase zu binden, daß die Bildreportagen über Callingtons Empfang in Lunastadt von seiner eigenen Tochter stammen. Aber wenn du es willst, trete ich sofort wieder unter meinem richtigen Namen auf."

Jochen schüttelte den Kopf. „Da muß etwas anderes dahinterstecken, denk an das defekte Atemgerät."
„Aber was hat das mit dem Namen Messmer zu tun?"
„Eben das müssen wir herausbekommen. Deshalb darfst du auch den Namen jetzt keinesfalls wechseln, das könnte bestimmte Leute stutzig machen."
Margrit wollte etwas dagegen einwenden. Doch dann sagte sie: „Ich glaube, du hast recht. Irgend etwas stimmt da nicht. Und wenn Hardy damit zu tun haben sollte, dürfen wir ihn nicht durch eine unbedachte Handlung aufmerksam machen."
„Damit wäre geklärt, was wir nicht tun dürfen", meinte Jochen. „Wichtiger aber ist, zu entscheiden, was wir jetzt unternehmen wollen."
Margrit sann eine Weile nach, dann meinte sie: „Ich werde Hardy bitten, sich heute abend für eine Stunde mit mir zusammenzusetzen, um unsere Arbeit abzustimmen. Dabei könnte ich in Erfahrung bringen, ob ihm meine Vorschläge ungelegen kommen, weil sie nicht in seine zeitlichen Dispositionen passen." Margrit stand auf. „Wir gehen sofort ins Hotel zurück, und sobald ich mich mit ihm verabredet habe, bleibst du ihm auf den Fersen, um herauszubekommen, ob er sich noch vor heute abend mit jemandem trifft. Wenn hier wirklich etwas im Gange sein sollte, ist er bestimmt nicht der Kopf des Unternehmens; also wird er vor der Besprechung mit mir von einem anderen Verhaltensmaßregeln einholen."

9.

„Das ist Doktor Matu", stellte Professor Konow seinen Mitarbeiter vor. „Er wird Ihnen die nötigen Auskünfte geben."

Howald reichte Doktor Matu die Hand. „Es handelt sich um Ihre Forschungen auf dem Gebiet der Gravitation, speziell was die technischen Daten für die Herstellung begrenzter Schwerelosigkeit betrifft. Ich möchte mir gern einmal ansehen, wie die entsprechenden Unterlagen verwahrt sind."

Matu nickte. „Sie befinden sich in meinem Labor; wollen wir gleich hingehen?"

„Bitte."

Howald verabschiedete sich von Professor Konow und folgte Matu in dessen Laboratorium.

Der ungewöhnlich große Raum war fast völlig leer und machte einen peinlich sauberen Eindruck. Außer zwei breiten Glasschränken, einem an einen Oszillographen gemahnenden Gerät und dem Schreibtisch gab es nichts, was auf eine Forschungsstätte hinwies.

„Leider bin ich nicht auf Besuch eingerichtet", erklärte der Gelehrte, „aber nehmen Sie doch bitte Platz."

Howald setzte sich auf den einzigen, am Schreibtisch stehenden Stuhl, während Matu sich an einen der Glasschränke lehnte und die Arme über der Brust verschränkte.

„Es geht um die Unterlagen über Ihre letzten Forschungen", begann Howald. „Wir haben Anlaß, anzunehmen, daß diese Unterlagen gestohlen wurden oder, was wahrscheinlicher ist, eine Kopie von ihnen angefertigt wurde."

„Das ist ausgeschlossen!"

Doktor Matu stieß sich vom Schrank ab, trat an den Schreibtisch heran und stützte die Arme auf die Platte. Sein schmales, gelblichbleiches Gesicht verfinsterte sich, die buschigen schwarzen Augenbrauen zogen sich zusammen; der lauernde Blick schien auf die Wand hinter Howald gerichtet zu sein.

Howald stand auf, wandte sich um und näherte sich der völlig glatten Wand. „Bewahren Sie die Unterlagen hier auf?"
Er prüfte die glatte Fläche mit den Augen, konnte jedoch nichts bemerken, was auf einen Wandsafe oder dergleichen hinwies. In diesem Augenblick fing die ganze Wand an sich zu bewegen und senkrecht nach unten zu gleiten. Howald blickte in einen zweiten, ebensogroßen Raum, der mit einer verwirrenden Fülle der verschiedenartigsten Geräte ausgerüstet war. Ehe er sich über deren Verwendungszweck Gedanken machen konnte, glitt die Wand wieder nach oben und verschloß den Raum.
Howald stand einen Augenblick hilflos davor, wandte sich dann zu Matu um und sagte, seine Verlegenheit verbergend: „Ein hübscher Spaß, leider wirkt er nur einmal."
Über Matus Gesicht zog ein spöttisches Lächeln. Er nahm den Finger von dem am Schreibtisch angebrachten Knopf, mittels dessen der Mechanismus ausgelöst wurde, und lehnte sich wieder an den Glasschrank.
„Stimmt, ein einmaliger Spaß", sagte er, „und ein seltener dazu. Wir haben nur wenige Besucher, und die wenigsten von ihnen bekommen den Nebenraum zu sehen."
„Ich danke für die Ehre", sagte Howald, „vermutlich bewahren Sie dort die Unterlagen auf."
„Die originalen Aufzeichnungen, die von meiner Hand stammen und mit denen niemand etwas anfangen kann. Überdies existieren zehn Kopien; sie befinden sich in diesem Schreibtisch."
Howald nahm wieder Platz und ließ seinen Blick über die Schubfächer gleiten.
„Besonders gesichert?"

„Versuchen Sie, ihn zu öffnen."
Howald machte sich mit Interesse ans Werk. Zwar befanden sich an allen Fächern Griffe zum Aufziehen, aber nirgendwo war ein Schlüsselloch oder ähnliches zu sehen. Auch die Griffe selbst schienen keinen Mechanismus auszulösen, sie waren mit einfachen Schrauben befestigt. Howald erhob sich, ging um den Schreibtisch herum und beobachtete ihn, als sei er ein lebendes Wesen, das sich durch irgendeine verdächtige Bewegung verraten könnte. Als er an der linken Seite des Tisches stand, bemerkte er auf dem Boden eine etwas abgeschabte Stelle, als habe der Schreibtisch früher etwas weiter links gestanden. Er prüfte die Stelle genauer, richtete sich lächelnd auf und sagte:
„Würden Sie den Schreibtisch bitte zehn Zentimeter nach links schieben?"
„Alle Achtung!" rief Matu.
Er schien auf einmal völlig verwandelt zu sein, die spöttische Reserviertheit war wie mit einem Schlage von ihm abgefallen. Fast schien es so, als wolle er Howald auf die Schulter klopfen.
„Alle Achtung!" wiederholte er, „Sie haben Ihren Beruf verfehlt. Mit Ihrem logischen Verstand wären Sie auf dem Gebiete der Gravitationsforschung sicherlich schon weiter gekommen als ich. Und wissen Sie, was mir am meisten imponiert hat?"
„Daß ich nicht selber versucht habe, den Tisch zur Seite zu rücken."
„Richtig! Und warum haben Sie es nicht versucht?"
„Weil dazu ein Schlüssel benötigt wird, den ich noch nicht kenne."
Doktor Matu wurde ausgesprochen fröhlich, was, nach seinem früheren Verhalten zu urteilen, gewiß selten geschah.

„Und wenn Sie mir jetzt noch sagen können, nach welchem Prinzip dieser Schlüssel funktioniert, bin ich Ihr Mann."

„Diese Chance möchte ich mir keinesfalls entgehen lassen."

Howald kratzte sich ausgiebig hinterm Ohr und dachte eine Weile nach. Dann wanderte er im Zimmer umher, ohne aber den Schreibtisch auch nur eines Blickes zu würdigen. Endlich blieb er vor Doktor Matu stehen.

„Vermutlich handelt es sich um einen akustischen Schlüssel."

„Unglaublich!" Matu hieb jetzt Howald tatsächlich auf die Schulter, rieb sich gleich darauf die Hände wie ein übermütiger Junge, der einen tollen Streich ausgeheckt hat, und machte schließlich ein geheimnisvolles Gesicht.

„Können Sie sich noch erinnern, welches Aufsehen seinerzeit die Entdeckung der Möglichkeit machte, in einem theoretischen Raume die Lichtgeschwindigkeit zu überschreiten?"

„Gewiß."

„Und mit welchem Spottnamen wurde damals der Entdecker dieser Theorie belegt?"

„Lassen Sie mich einen Moment nachdenken."

Howald wanderte wieder im Zimmer auf und ab und rieb sich die Stirn. Schließlich ließ er die Hand sinken und sagte: „Ich glaube, man nannte ihn Baron Münchhausen."

Im gleichen Augenblick glitt der Schreibtisch, wie von Geisterhand bewegt, zehn Zentimeter zur Seite. Doktor Matu trat heran und zog ein Fach auf.

„Sehen Sie, jetzt lassen sich alle Schubladen ohne weiteres öffnen. In dieser hier befinden sich die zehn Kopien. Das heißt, im Augenblick sind es nur acht. Zwei

habe ich meinen Assistenten zur Verfügung gestellt, die an einer neuen Versuchsserie arbeiten."
„Und wie sind diese beiden Kopien gesichert?"
„Meine Mitarbeiter dürfen sie keinen Augenblick aus der Hand geben. Und sobald sie die Kopie nicht mehr benötigen, ist sie mir sofort zurückzugeben."
„Außer Ihnen und", setzte Howald lächelnd hinzu, „jetzt auch mir, kennt niemand das Schlüsselwort?"
„Selbst Professor Konow nicht", versicherte Matu.
„Könnte Sie jemand hören, wenn Sie das Schlüsselwort aussprechen?"
„Nein, der Raum ist akustisch isoliert."
„Nach außen?"
„Natürlich, wie sonst?"
„Das heißt, wenn Sie hier drin sprechen, besteht von außen keinerlei Möglichkeit, Sie zu hören."
„So ist es."
„Und Sie haben sich stets davon überzeugt, daß niemals jemand im Raum war, wenn Sie das Schlüsselwort aussprachen?"
Doktor Matu wies auf die spärliche Einrichtung. „Wo sollte sich hier jemand verbergen?"
Howald lächelte. „Es muß ja nicht ein Jemand wie Sie und ich sein."
„Sie meinen, irgendwer könnte hier ein Mithörgerät versteckt haben?" rief Doktor Matu erregt.
„Warum nicht? Es gibt heutzutage Geräte, die sind nicht größer als ein Kubikzentimeter; und sie haben eine praktisch unbegrenzte Aufnahmeleistung."
„Ich werde sofort den Schlüssel ändern!" sagte Matu. „Das macht nicht die geringste Schwierigkeit."
„Wenn es nicht bereits zu spät ist."
„Aber die Kopien sind doch noch alle vorhanden."
„Ich nehme an, die Herrschaften, die an den Unterlagen interessiert sind, sind ebenso daran interessiert,

daß der Diebstahl nicht feststellbar ist, sonst haben die Unterlagen für sie keinen Wert."
„Das bedeutet, sie müßten eine der Kopien nochmals kopieren."
„So ungefähr."
„Und Sie rechnen damit ,daß das bereits geschehen sein könnte?"
„Das ist so eine Sache", meinte Howald und grinste ein bißchen verlegen. „Mein Chef ist der Überzeugung, daß der Diebstahl erst für die nächsten Tage geplant ist, während ich es für wahrscheinlich halte, daß er bereits erfolgte, bevor . . ."
„Bevor Callington startete", vollendete Matu, als Howald zögerte. „Ihre Zurückhaltung ist verständlich, aber überflüssig. Ich konnte mir von Anfang an denken, worum es Ihnen geht. Doch muß ich Sie leider enttäuschen: als Callington seinen Skaphandersprung unternahm, hatten wir die Forschungen noch nicht abgeschlossen." Howald machte ein verblüfftes Gesicht, faßte sich jedoch schnell wieder.
„Immerhin könnte der Diebstahl bereits erfolgt sein, wenn auch zu einem späteren Zeitpunkt. Jedenfalls müssen wir mit dieser Möglichkeit rechnen."
Howald nahm wieder seine Wanderung durch das Zimmer auf, interessierte sich diesmal jedoch eingehend für die Glasschränke und das an einen Oszillographen erinnernde Gerät.
„Was ist denn das?"
„Eine Spielerei von mir", gab Doktor Matu Auskunft. „Ich bin, sozusagen im Vorbeigehen, auf eine kleine Entdeckung gekommen."
Er zog eines der Schreibtischfächer auf und nahm ein Schächtelchen heraus. Dann ging er zu Howald hinüber, öffnete das Schächtelchen und stupfte den Finger in das darin befindliche Pulver.

„Sieht aus wie zermahlene Holzkohle", meinte Howald.
Matu lachte. „Diesmal haben Sie wirklich ganz und gar danebengeraten. Das ist außerordentlich impulsaktiver Staub, allerdings erstaunlicherweise ebenso unschädlich wie Holzkohle. Sie können also getrost eine gehörige Dosis davon schlucken. Nur würden Sie dann als lebender Sender herumlaufen."
„Und was für ein Programm würde ich ausstrahlen?"
„So was Ähnliches wie das Ticken einer Uhr, nur sind die Frequenzen viel dichter."
„Und mit menschlichen Sinnesorganen nicht wahrnehmbar."
„Natürlich nicht. Aber auf diesem Gerät kann ich sie optisch sichtbar machen."
Doktor Matu schaltete den Oszillographen ein. Der bis dahin silberglänzende Schirm wurde dunkel, zugleich wurde eine Art Koordinatennetz sichtbar.
„Sehen Sie diesen rötlichleuchtenden Punkt, nicht größer als ein Stecknadelstich? Das ist die Ausstrahlung des Pulvers hier in der Schachtel. Und dieser zweite Punkt hier, der langsam nach der Mitte des Schirms zu wandert, ist einer meiner Assistenten, der sich gerade auf dem Wege nach Lunastadt befindet."
„Hat er von dem Pulver genascht?"
Matu stieß ein meckerndes Lachen aus. Die einzige Art von Lachen, die zu diesem merkwürdigen Mann und seinem gelblichbleichen Gesicht paßte.
„Er hat eine Messerspitze voll zu sich genommen", meinte Matu und meckerte nochmals. „Aber in die Westentasche."
Howald staunte unverhohlen. „Solch eine kleine Menge genügt, um über diese große Entfernung zu wirken?"
„Die Ausstrahlung von drei, vier Körnchen des Ra-

diopulvers ist noch in zweihundert Kilometern Entfernung registrierbar; entsprechende Versuche haben das bewiesen."
„Und anhand dieses Koordinatensystems können Sie ablesen, wo sich der Träger des Pulvers gerade befindet beziehungsweise wohin er sich bewegt."
„Ja, dieses Netz ist eine Feldeinteilung des Gebietes von Lunastadt und Umgebung im Maßstab 1:10 000. Wenn der Punkt auf dem Schirm einen Zentimeter vorrückt, hat der Träger des Pulvers einen Kilometer zurückgelegt, und bei einem Millimeter hundert Meter. Da ich die Bewegung des Punktes auf dem Schirm bis auf einen Viertelmillimeter genau feststellen kann, vermag ich bis auf fünfundzwanzig Meter Toleranz anzugeben, wo sich mein Mann befindet. Sehen Sie hier, mein Assistent fährt eben die Ausfallstraße Süd entlang, und in diesem Augenblick passiert er den Krater IV. Sie kennen ihn, er ist gewissermaßen das südliche Tor von Lunastadt."
„Erstaunlich! Wirklich erstaunlich!" rief Howald. „Wer ein paar Körnchen von diesem Radiopulver in der Tasche hat, kann niemals verlorengehen. Auf Ihrem Schirm wird er auf fünfundzwanzig Meter genau geortet."
Doktor Matu schien nun doch ein wenig geschmeichelt zu sein.
„Ich denke, daß ich in Kürze eine genügende Menge von dem Zeug herstellen kann, um alle Expeditionen auf dem Mond damit auszurüsten. Bei der Bergung verunglückter oder verirrter Personen, vor allem wenn die Funkverbindung ausgefallen ist, könnte das Pulver gute Dienste leisten."
„Also doch nicht nur eine Spielerei."
Matu meckerte wieder ein bißchen. „Wie das so ist: aus Spiel wird Ernst."

„Das ist das Stichwort."

Howald schien mit einem Schlag alles Interesse an dem Radiopulver verloren zu haben. Er wandte sich jetzt den beiden Glasschränken zu. Sie enthielten jedoch nichts, was seine Aufmerksamkeit verdiente. Er öffnete sie, bewegte die Türen ein bißchen in den Angeln, legte sich auf den Bauch und betrachtete die Böden der Schränke von unten, und damit war die Überprüfung abgetan. Nun nahm sich Howald den Schreibtisch vor. Die Inneneinrichtung ließ er zunächst gänzlich unbeachtet. Er legte sich auf den Rükken, schob sich unter den Tisch und musterte die Unterfläche des mittleren Teils des Tisches.

„Ein bißchen mehr Licht könnte nicht schaden", stöhnte er.

Doktor Matu bediente den Knopf, der die Wand heruntergleiten ließ, und holte aus dem Nebenraum eine Handleuchte. Howald bedankte sich und untersuchte jetzt Zentimeter für Zentimeter das Furnier.

„Und jetzt eine Lupe oder so was Ähnliches."

Auch damit konnte der Gelehrte dienen. Er überreichte sie nicht ohne Stolz. „Eine Spezialanfertigung; vielleicht die schärfste Lupe, die es gegenwärtig gibt."

„Auf dem Mond?"

„Überhaupt."

„Schön, dann eben überhaupt. Hoffentlich ist sie nicht so scharf, daß ich durch sie etwas sehe, was gar nicht vorhanden ist."

Da Doktor Matu nur die Beine Howalds sah, wandte er sich an diese und fragte: „Wie meinen Sie das?"

„Ironisch", kam es unter dem Tisch hervor.

Danach kam Howald selbst. Er richtete sich mühsam auf, denn die Mondsucht machte ihm noch immer zu schaffen, auch wenn sie bereits etwas abgeklungen war.

„Da ist eine kleine Fläche, kaum einen Zentimeter im Durchmesser. Das Furnier ist an dieser Stelle etwas glanzloser, als ob einige Zeit ein Gegenstand an ihm gehaftet hätte. Es könnte ein winziges Aufnahmegerät gewesen sein, vielleicht war es aber auch nur ein Klümpchen Kautabak."
„Ich prieme nicht", erklärte der Gelehrte mit Würde.
„Tja, dann müssen wir wohl die schlimmere Möglichkeit in Betracht ziehen", meinte Howald.
„Sie glauben im Ernst, der Diebstahl wäre bereits geschehen?"
„Welcher Diebstahl?"
„Der technischen Unterlagen."
„Wenn der Fleck wirklich von einem Aufnahmegerät herrührt, läßt das lediglich auf den Diebstahl des Schlüsselwortes schließen. Aber selbst das ist ein ziemlich unsicherer Schluß; solch eine Beschädigung des Furniers kann tausend Gründe haben."
„Also sind wir so klug wie zuvor."
Howald klopfte den nicht vorhandenen Staub von der Kleidung und ließ sich ächzend in den Schreibtischsessel fallen. „Zeigen Sie mir noch einmal eine der Kopien."
Doktor Matu nahm eine der kleinen, schwarzen Kapseln aus dem Fach und reichte sie Howald. Der öffnete sie umständlich und entrollte den darin befindlichen, etwa einen halben Meter langen Mikrofilm. Dann betrachtete er mit besonderem Interesse die Kapsel.
„Spezialanfertigung?"
„Selbstverständlich; die extremen Verhältnisse auf dem Mond erfordern einen besonderen Schutz des empfindlichen Filmmaterials. Außerhalb dieser Räume würde der Film in einer gewöhnlichen Hülle sofort verderben."

„Sehr schön, dann vertauschen Sie sofort alle Kapseln dieser Art mit gewöhnlichen Imitationen. Existieren außer diesen zehn noch andere Kapseln dieser Art?"
„Ein paar Dutzend von ihnen befinden sich im Lager."
„Dann tauschen Sie auch diese aus, und die echten verbergen Sie an einem sicheren Ort."
Howald lehnte sich zurück und schloß die Augen. In irgendeiner Ecke seines Gehirns meldete sich eine Idee. Sie mußte jedoch noch ganz klein sein, denn sie machte kaum piep. Also wartete er geduldig, bis sie kräftiger wurde und sich vernehmlich machte. Doch dauerte es noch geraume Zeit, ehe Howald die Augen öffnete und sagte: „Das Radiopulver!"
„Was ist mit ihm?"
„Bringen Sie in jeder der Imitationen ein paar Körnchen davon unter, dann können wir ihren Weg verfolgen und unseren Mann an dem Ort stellen, wo es uns gefällt. Und falls er uns doch durch die Lappen geht, bringt er einen verdorbenen Film nach Hause."
„Es sei denn, er hat sich bereits eine der echten Kapseln besorgt. Der Lagerraum ist für jeden zugänglich, und seine Bestände unterliegen nur einer oberflächlichen Kontrolle."
„Hoffen wir das beste und vertrauen auf den Optimismus meines Chefs, wonach uns das Schlimmste noch bevorsteht."
Doktor Matu meckerte wieder ein bißchen und trug die Handleuchte nebst Lupe zurück in den Nebenraum. Howald folgte ihm und schaute sich neugierig die rätselhaften Instrumente an. „Sind Sie in der Lage, den Sinn dieser Dinge einem Laien verständlich zu machen?"
„Was die Resultate anbelangt, ohne weiteres."
„Danke für das Kompliment. Das Resultat ist doch wohl immer die Schwerelosigkeit, und die ist selbst

dem Vorstellungsvermögen eines Kindes verständlich."

„Ganz so einfach ist es nicht", meinte Matu. „Stellen Sie sich einmal auf diese Platte; aber seien Sie vorsichtig, sie neutralisiert die Gravitation."

Howald trat auf die Platte, die wie ein großes, rundes Kuchenblech aussah. Im nächsten Augenblick schwebte er in die Höhe. Howald ruderte heftig mit den Armen, wodurch er aus der senkrechten Lage geriet und einem ungeübten Fallschirmspringer gleich in der Luft hing. Matu faßte ihn am Hosenbein und zog ihn langsam herab.

„Bisher ist es noch keinem gelungen, sich auf die Platte zu stellen, ohne davonzuschweben", tröstete der Doktor den etwas verärgerten Howald. „Der plötzliche Übergang von einem anziehenden zu einem gravitationsneutralen Untergrund ist für die motorischen Institutionen des menschlichen Körpers zu schnell. Das Tier ist übrigens noch schlechter daran, da es nicht gewarnt werden kann und daher ganz unvorbereitet ist. Wir haben einmal einen Versuch mit einer Katze und einer Maus gemacht. Die Katze sprang stets zu weit, immer landete sie hinter der Maus; hin und zurück, hin und zurück, immer über die Maus hinweg, bis sie völlig erschöpft und einem Nervenschock nahe liegenblieb. Und dabei hatten wir die Anziehung nicht völlig aufgehoben, sondern nur um die Hälfte reduziert."

„Lassen wir das Katz-und-Maus-Spielen", meinte Howald, „erklären Sie mir lieber einige der praktischen Anwendungsmöglichkeiten der Schwerelosigkeit."

„Deren gibt es unendlich viele; wenn Sie nur einige kennenlernen, wird Ihre Phantasie sofort auf tausend andere kommen. Sehen Sie diese Tasche, es könnte ebensogut ein Koffer sein oder ein Einholebeutel, meinethalben auch ein Eisenbahnwaggon oder eine Rakete oder sonst ein Behälter, mittels dessen man etwas transportieren will. Die äußere Schicht der Tasche isoliert sie völlig gegenüber jeder Gravitation. Sehen Sie!" Doktor Matu hielt die Tasche hoch und ließ sie los. Sie blieb in der Luft hängen, als ob sie von einer unsichtbaren Hand gehalten würde.

„Sie können in solch einen gravitationsisolierten Behälter hineintun, was Sie wollen, selbst einen Gegenstand von unvorstellbarem Gewicht", erklärte der Doktor weiter, „die Tasche macht ihn gewichtslos. Sehen Sie!"

Matu angelte sich die Tasche und steckte die Handleuchte hinein. Danach hängte er sie wieder mitten in den Raum. Jetzt gab er ihr einen kleinen Stups, und sie schwebte, immer die gleiche Höhe einhaltend, langsam gegen die Wand, um von dort auf die gleiche Weise zurückzukommen.

„Diese Möglichkeit der Gravitationsisolierung", erklärte Matu, „ist bei kosmischen Flügen von besonderem Nutzen. Sobald der Flugkörper in das Schwerefeld eines auf dem Wege liegenden Planeten kommt, wird sein Flug durch die Anziehungskraft des Planeten beschleunigt. Und ehe die Kurve der Flugbahn den Planeten tangiert, wird die Gravitationsisolierung in Kraft gesetzt, und der Flugkörper gelangt ohne Geschwindigkeitsverlust aus dem Anziehungsbereich heraus. Mit dieser Methode kann die Geschwindigkeit ohne Energieverbrauch von Planet zu Planet ungeheuer erhöht werden, abgesehen natürlich von der Energie, die den Isolierungsvorgang bewirkt; doch da es sich hier um einen Katalysationsvorgang handelt, ist der Energieverbrauch sehr gering."

„Wirklich großartig", meinte Howald, „doch die tiefgreifendste Wirkung wird diese Entdeckung sicherlich im Alltagsleben der Menschheit haben. Ein kleines Kind ist jetzt in der Lage, einen tonnenschweren Gegenstand ohne Mühe zu heben; alle Transportschwierigkeiten sind mit einem Schlage erledigt; gewaltige Brücken oder riesige Hallen mit freitragenden Decken können gebaut werden, ohne die geringste Gefahr, daß sie unter ihrem eigenen Gewicht zusammenbrechen. Und das Wunderbarste von allem: der Mensch selbst kann sich nach Belieben in die Luft erheben, leichter als der Vogel, und hört damit endgültig auf, ein Erdenkloß zu sein."

„Die Schwerelosigkeit", meinte Doktor Matu, „ist in der Tat der Gipfel aller menschlichen Wunschträume. In ihr vereinigen sich alle utopischen Vorstellungen. Die Gravitation ist nicht nur die geheimnisvollste, sie ist auch die für den Menschen wichtigste Naturkraft; und ihre Erkenntnis und Beherrschung ist der Höhepunkt aller physikalischen Wissenschaft. In der Schwerelosigkeit erfüllen sich nicht nur alle menschlichen Sehnsüchte in einer, sie eröffnet uns darüber hinaus Möglichkeiten, an die der Mensch nicht einmal in seinen kühnsten Phantasien gedacht hat. Nehmen Sie nur die Tatsache, daß sich die Schwerkraft nicht nur neutralisieren, sondern, wie jede dialektische Erscheinung, in ihr Gegenteil, also in eine abstoßende Kraft, verkehren läßt. Somit kann jeder Körper, ungeachtet seines Umfangs oder seines Gewichts, in fliehende Bewegung versetzt werden; und jedes ‚umgekehrte' Schwerefeld, dem der Körper auf seinem Wege begegnet, erhöht die Fluchtgeschwindigkeit, denn die abstoßenden Kräfte können ins Unermeßliche akkumuliert werden."

Howald lächelte. „Das ist mir ein bißchen zu viel Theorie; könnten wir nicht bei praktischen Dingen bleiben?"

„Bitte", sagte der Gelehrte ein wenig pikiert. „Denken wir einmal an den Nutzen der Schwerkraft, der darin besteht, daß alle Gegenstände nach unten fallen und dort kleben bleiben, also nicht verlorengehen können. Ein von der Schwerkraft befreiter Gegenstand hingegen strebt, wenn Sie ihm nur den kleinsten Bewegungsimpuls verleihen, heimtückisch davon."

Matu nahm wieder die Tasche zur Hand, stellte sie in die Luft und stupste sie von unten an, worauf sie gemächlich zur Decke stieg.

„Stünden wir statt in diesem Raum unter freiem Himmel", erklärte er, „wäre die Tasche mitsamt der darin befindlichen Handleuchte auf Nimmerwiedersehen dahin."

Er zog die Tasche, die sich eben aus seiner Reichweite begeben wollte, wieder herab.

„Und welche Sicherungen haben wir gegen solche Fluchtversuche?" fragte Howald. „Eine reduzierte, sozusagen nicht vollständige Isolierung?"

„Ganz recht", bestätigte Matu. „Die Isolierung kann beliebig gemindert werden. Selbst der Laie ist dazu in der Lage. Er braucht den isolierenden Belag nur ein wenig abzukratzen. Es gibt aber ein viel einfacheres Mittel."

Matu nahm eine Pinzette und klemmte sie an der Tasche fest; darauf stellte er sie wieder in die Luft, und sie sank, durch das nichtisolierte Gewicht der Pinzette belastet, nach unten, allerdings langsamer, als die Pinzette gefallen wäre, wenn sie nicht an der Tasche geklemmt hätte.

„Wir haben", fuhr der Doktor in seinen Erläuterungen fort, „aber auch bereits kompliziertere Bewegungsabläufe ausfindig gemacht. Sehen Sie diese Kegelkugel, sie ist hohl und enthält einen gewöhnlichen Zeitmechanismus. Ich stelle ihn jetzt auf zwei Se-

kunden ein und unterteile den Rückweg in zwei Phasen. Passen Sie auf!"
Matu gab der Kugel einen kaum merklichen Stoß, so daß sie langsam nach oben stieg; nach genau zwei Sekunden, etwa einen Meter unterhalb der Zimmerdecke, klickte es, eine kleine Klappe sprang an der Unterseite der Kugel auf und gab das nichtisolierte Material frei. Die Kugel verringerte ihre Geschwindigkeit, erreichte den toten Punkt und sank zurück. Auf der Mitte des Weges klickte es ein zweites Mal, und eine weitere Klappe öffnete sich; sogleich beschleunigte die Kugel ihre Fallgeschwindigkeit und landete in Doktor Matus aufgehaltener Hand.
„Wunderbar!" rief Howald. „Das erinnert mich an das Prinzip der Freiballons, nur ist es hier genau umgekehrt. Während dort Trimmgewichte abgeworfen werden, um Höhe zu gewinnen, werden in diesem Falle Gewichte zugelegt. Der praktische Nutzen dieser Einrichtung ist phantastisch. Man kann einen auf diese Weise programmierten Körper ja nicht nur senkrecht nach oben, sondern in alle Richtungen schicken, von hier nach Lunastadt oder vom Mond auf die Erde oder umgekehrt, da sind überhaupt keine Grenzen gesetzt. Selbst der Mensch kann auf diese Weise fliegen, wohin er will. Er zieht sich einen gravitationsisolierenden Anzug an, stößt sich in Richtung eines bestimmten Zieles vom Boden ab, korrigiert in der Luft, wenn es nötig sein sollte, mit einigen Armbewegungen die Flugbahn und öffnet, sobald er das gewünschte Ziel erreicht hat, einen Latz in der Hose, und schon sinkt er sanft wie eine Flaumfeder herab. Was er in keiner Flugmaschine empfinden konnte, das Gefühl, frei wie ein Vogel durch die Luft zu fliegen, kann er jetzt unbegrenzt genießen. Sein Leben erhält völlig neue Dimensionen."

„Die Schwerelosigkeit", bestätigte der Gelehrte, „verleiht in der Tat dem Dasein des Menschen, wenn man so will, ein ganz neues Gewicht. Allerdings nicht ohne Grenzen. Schon die geringere Anziehungskraft des Mondes macht uns Schwierigkeiten, wie ich, wenn Sie erlauben, auch an Ihnen feststellen konnte. Und die völlige Schwerelosigkeit bringt unser an die Schwerkraft der Erde gewöhntes Anpassungssystem völlig durcheinander, wenigstens in dem Falle, wo wir uns ihr auf längere Zeit aussetzen. Sie kann also nur dosiert genossen werden. Das ist im Grunde aber nur von Vorteil, denn wenn wir sie ununterbrochen genössen, verlören wir den Genuß an ihr. Wir essen ja auch nicht dauernd Konfekt. Das wäre nicht nur schädlich, es würde uns auch den Geschmack an ihm verderben. Ebenso ist es bei allen anderen genußintensiven Betätigungen des Körpers oder des Geistes, vom Geschlechtsakt bis zum Schöpfungsakt, wobei jedes Ding seine spezifische Dosierung verlangt."

„Das scheint ein elementares Gesetz der Lebenskunst zu sein."

„Das elementare."

„Demnach muß der Naturwissenschaftler auch die Gesetze der Lebenskunst kennen, um seinen Entdeckungen und Erfindungen eine praktische Gestalt geben zu können, die diesen Gesetzen dient."

„Gewiß. Die Ergebnisse der Naturwissenschaft sind Mittel zum Zwecke des menschlichen Lebens und somit der Gesetze der Lebenskunst. Nur ist das in praxi nicht gerade einfach. Die Gesetze der Lebenskunst sind bis heute nur sehr unvollkommen bekannt, und überdies haben sie eine sehr veränderungsfreudige Natur, also muß man sie dauernd aufs neue entdecken. Eine noch wichtigere Voraussetzung aber war die Befreiung der Menschheit von den ungeheure Kräfte absorbierenden Pflichten, die sich aus der Abwehr und schließlich der Überwindung der alten Welt ergaben. Und diese Voraussetzung haben wir ja erst seit kurzem geschaffen. Aus diesen beiden Gründen hat der Prozeß der Verbindung von Naturwissenschaft und Lebenskunst eben erst begonnen. Alles zu seiner Zeit."

„Da haben Sie ein weiteres Mal das Stichwort gegeben. Ich glaube, es ist an der Zeit, mich von Ihnen zu verabschieden."

Howald begab sich wieder nach nebenan. Doktor Matu folgte ihm und betätigte den Knopf, worauf die Wand lautlos nach oben glitt.

„Das Tor zum Reich der Wunder ist wieder verschlossen." Howald reichte dem Gelehrten die Hand. „Ich danke Ihnen. Und vergessen Sie das Pulver nicht, in jede Kapsel ein paar Körnchen."

„Was nützt das Pulver, wenn Sie den Oszillographen vergessen", sagte Matu und stieß sein meckerndes Lachen aus. „Ohne ihn sind Sie aufgeschmissen."

„Richtig!" Howald schlug sich an die Stirn. „Ich lasse ihn noch heute abholen."

„Aber nicht vor zwei Stunden. Ich muß ihn auf seinen neuen Standort einstellen, und das geht nicht im Handumdrehen."

„Aha."

Howald stand bereits an der Tür, als er sich noch einmal an Matu wandte. „Sicherlich benötigen Sie nicht alles Pulver für die Kapseln. Könnten Sie mir das übrige zur Verfügung stellen? Ich habe da eine womöglich lebenswichtige Verwendung im Auge."

10.

Jochen Rockhaus verbarg sich, als Hardy die Telefonzelle verließ, hinter einer Säule im Foyer des „Babylon" und wartete darauf, daß der andere das Hotel verlassen würde. Hardy blieb jedoch eine Weile vor der Zelle stehen und schien sich nicht entschließen zu können. Endlich setzte er sich in Bewegung und trat auf die Straße.
Jochen registrierte anerkennend, daß sich Margrits Voraussicht bestätigt hatte, wonach der Journalist, sobald sie ihn um eine Besprechung gebeten hatte, sich mit einem anderen in Verbindung setzen würde.
Hardy schwang sich, sobald er das Hotel verlassen hatte, sogleich auf einen der Straßenzüge, die zum Stadtzentrum fuhren. Da die Wagen dieser schnell und lautlos auf Schienen dahingleitenden Züge lediglich aus einer unverkleideten Plattform bestanden, auf der jeweils sechzehn Sessel angebracht waren, konnte man unbehindert von einem Wagen aus alle übrigen überblicken. Jochen mußte deshalb, um nicht bemerkt zu werden, einen der nächsten Züge benutzen. Und wenn diese auch in Minutenabständen fuhren, so war der Journalist doch längst Jochens Blicken entschwunden, bevor der nächste Zug am „Babylon" hielt. Doch Jochen hatte Glück; als sein Zug vor dem Planetarium Station machte, verschwand der Journalist gerade im Eingang. Jochen sprang vom Wagen und eilte Hardy hinterher. Der Journalist lief, ohne nach links und rechts zu schauen, zu den Anlagen hinter der Tribüne hinüber, wo Jochen ihm unbemerkt folgen konnte. Doch mußte er jetzt näher aufrücken, um seinen Mann nicht aus den Augen zu verlieren, denn die Laubengänge machten das Gelände unübersichtlich, zumal alle paar Schritte ein

Nebenpfad abzweigte, in den der Journalist unbemerkt einbiegen konnte. Hardy schien jedoch keine Verfolgung zu befürchten; er hatte es vielmehr ziemlich eilig, woraus Jochen schloß, daß der Mann, mit dem sich Hardy verabredet hatte, einen kürzeren Weg zum Treff haben mußte. Und er hatte sich nicht geirrt. Als sich der Laubengang zu einem Rondell erweiterte, in dem einige Bänke aufgestellt waren, sah er auf einer der Bänke einen Mann sitzen, auf den Hardy sofort zusteuerte. Jochen verbarg sich in einigem Abstand hinter einem Gebüsch. Hin und wieder konnte er, wenn Hardy die Stimme hob, ein oder zwei Worte vernehmen, während der andere völlig unverständlich blieb, da er in einem merkwürdigen Flüsterton sprach. Auch dauerte das Gespräch der beiden nicht lange; schon nach wenigen Augenblicken erhob sich der Journalist und ging, jetzt allerdings gemächlicheren Schritts, in Richtung Ausgang davon. Der andere blieb noch eine Weile sitzen; und erst als der Journalist nicht mehr zu sehen war, erhob auch er sich und machte sich ebenfalls auf den Weg zum Ausgang des Planetariums.
Jochen hatte sich, ohne zu zögern, dafür entschieden, diesmal nicht Hardy, sondern dem anderen zu folgen. Er mußte herausbekommen, wo dieser Mann wohnte und, wenn möglich, unter welchem Namen er in Lunastadt lebte.
Listen – denn kein anderer als dieser war es, der sich mit Hardy getroffen hatte und soeben das Planetarium verließ – schien so wenig wie der Journalist an eine Verfolgung zu denken; und da er Jochen nicht kannte, brauchte dieser, als Listen einen Straßenzug bestieg, keine Entdeckung zu befürchten und nahm im selben Zug Platz. Als Listen jedoch nach kurzer Fahrt abstieg und zu Fuß weiterging, wahrte Jochen

einigen Abstand. Listen schritt scheinbar unbekümmert dahin, bog einige Male nach links und nach rechts ab und langte schließlich vor dem Kurhaus an. Als er das Haus betrat, schloß Jochen schnell auf und konnte, ins Foyer eintretend, ihn eben noch die Treppe hinaufgehen sehen. Wenn er den Lift nicht benutzt, wird er wohl im ersten Stock wohnen, dachte Jochen und stieg ebenfalls die Treppe hinauf. Tatsächlich lief Listen jetzt den Gang im ersten Stock entlang und betrat das Zimmer siebzehn. Nachdem er die Tür hinter sich zugezogen hatte, versicherte sich Jochen der Zimmernummer und verließ eilends das Haus. In der nächsten Telefonzelle rief er das Kurhaus an und ließ sich mit Zimmer siebzehn verbinden.
„Hier Listen", meldete sich eine flüsternde Stimme.
„Bin ich nicht mit Zimmer sieben verbunden?" fragte Jochen.
„Nein, hier ist siebzehn."
„Oh, verzeihen Sie. Da ist was verquer gegangen."
Listen heißt er also, dachte Jochen und hängte höchst zufrieden den Hörer in die Gabel.
Da Wili um diese Stunde keinen Dienst hatte, trieb er sich im Barraum herum, setzte sich schließlich in eine der Nischen, die an der einen Längsseite des Barraumes eingerichtet waren, und überließ sich seinen Gedanken. Eben da trat Hardy ein, blickte sich kurz um und ging, ohne Wili bemerkt zu haben, auf die anschließende Nische zu. Wili hatte keinen Bedarf an solcher Nachbarschaft und wollte sich schon wieder erheben, als er Hardy Margrits Namen rufen hörte. Gleich darauf vernahm er, wie sie nebenan Platz nahm und ohne weitere Vorrede dem Journalisten vorschlug, den morgigen Tag dazu zu verwenden, gemeinsam das Stadthaus, das Planetarium, den Raketenhafen und alle anderen Orte, wo Callington der

Öffentlichkeit vorgestellt werden würde, zu besuchen, um sich über die technischen Möglichkeiten ihrer Arbeit zu informieren. Auch für den darauffolgenden Tag, an dem Callington in Lunastadt eintreffen sollte, schlug sie Hardy vor, gemeinsam zu arbeiten. Schließlich müßten Text und Bild zusammenpassen; es gehe nicht an, daß er beispielsweise über Callingtons Eintreffen im Raketenhafen schriebe, während sie seine Begrüßung im Stadthaus fotografiere, oder daß er ein Interview mache und keine Fotos davon gezeigt werden könnten, weil sie über dieses Vorhaben nicht informiert gewesen sei.

Der Journalist tat zunächst so, als erschienen ihm diese Vorschläge durchaus vernünftig. Als Margrit jedoch ins einzelne ging und auf die erforderlichen zeitlichen Festlegungen zu sprechen kam, hatte er Einwände. Margrit schien das nicht zu verwundern, sondern ging die beiden Tage Stunde für Stunde durch, um festzustellen, wann Hardy für ihre gemeinsame Arbeit Zeit hatte. Auf diese Weise erhielt sie ein bis auf die Minute vollständiges Bild von seinen anderweitigen Dispositionen.

Wili erkannte Margrits Absicht und bewunderte ihr geschicktes Vorgehen.

Margrit schien sich mit ihrem Erfolg jedoch noch nicht zufriedenzugeben.

„Wenn ich die Zeit zusammenziehe, die wir für unsere gemeinsame Arbeit übrigbehalten", sagte sie jetzt, „so scheint sie mir doch nicht auszureichen. Unter diesen Umständen bekomme ich niemals eine auch nur einigermaßen geschlossene Serie von Fotos zustande. Ich muß deshalb darauf bestehen, daß Sie einige Ihrer anderen Verpflichtungen zurückstellen."

„Aber Sie können doch fotografieren, soviel Sie wollen", hielt ihr der Journalist entgegen.

„Um die Hälfte der Fotos mit Text, die andere aber ohne Text zu veröffentlichen, weil Sie sich in dieser Zeit wer weiß wo herumgetrieben haben! Kommt nicht in Frage! Vor allem für die Fotos von der Hauptveranstaltung im Planetarium brauche ich Ihre Texte; ich möchte wissen, was Sie in dieser Zeit so Wichtiges zu tun haben, daß Sie eine Zusammenarbeit mit mir ablehnen."

Hardy geriet jetzt offensichtlich in Verlegenheit. Er versuchte, mit scherzhaften Bemerkungen davonzukommen, und verwickelte sich, als Margrit nicht lockerließ, in peinliche Widersprüche. Schließlich wurde es Margrit zu bunt, und sie drohte Hardy, sich auf der Stelle mit ihrem Vater in Verbindung zu setzen; schließlich arbeite er hier in dessen Auftrag.

Hardy schwieg einen Augenblick, dann sagte er: „Für diesen Fall bin ich befugt, Sie davon zu unterrichten, daß ich hier noch einen anderen Auftrag zu erfüllen habe."

„Interessant!" Margrit lachte hell auf. „Und Sie glauben doch nicht etwa, ich hätte keine Ahnung davon gehabt?"

„Sie haben die ganze Zeit gewußt . . .?" Hardy schien im gleichen Maße überrascht und verärgert zu sein. Sein Ärger gewann jedoch bald die Oberhand. „Das ist unerhört! Vielleicht haben Sie die Güte, mir zu verraten, weshalb Ihr Vater mir gegenüber vorgab, Sie seien in unser Unternehmen nicht eingeweiht?"

„Weil ich dadurch in die Lage gesetzt war, Sie überwachen zu können. Indem Sie mich für ahnungslos hielten, waren Sie mir gegenüber unbefangen und dachten nicht im entferntesten daran, von mir beobachtet zu werden."

„Und weshalb lassen Sie jetzt die Maske fallen?"

„Weil ich das Mißtrauen meines Vaters Ihnen gegenüber für unsinnig halte. Wir sind hier ganz auf uns angewiesen; er kann uns nicht helfen, also soll er es auch uns überlassen, wie wir seinen Auftrag erledigen."

Hardy atmete hörbar auf. Er schien nicht nur erleichtert zu sein, er wurde jetzt geradezu vergnügt und reichte Margrit die Hand.

„Also dann auf gute Zusammenarbeit."

„Auf gute Zusammenarbeit."

„Und jetzt müssen Sie mir verraten, wie Sie mit meiner Arbeit in der Zeit, in der Sie mich ‚überwacht' haben, zufrieden waren."

Wili war in den letzten Minuten aus dem Staunen nicht herausgekommen. Die Sicherheit, mit der diese Frau vorging und den Journalisten bluffte, war unglaublich. Sie schien nicht einen Augenblick an die Gefahr zu denken, in die sie sich damit brachte. Selbst eine von Hardy völlig arglos gestellte Frage nach irgendeinem Detail des Unternehmens müßte doch sofort offenbaren, daß sie nicht die geringste Kenntnis davon hatte. Oder hatte sie doch Kenntnis davon? War ihr Vorgehen in Wirklichkeit kein Bluff, sondern eben das, was sie dem Journalisten versichert hatte: die Demaskierung einer Komplizin? Wili wurde immer unsicherer und wußte schließlich nicht mehr, was er von all dem halten sollte. Er mußte Gewißheit haben, und die nächsten Worte Margrits schienen sie ihm zu geben.

„Ich habe Sie nicht in dem Maße überwacht", erklärte sie, „wie es mein Vater erwartete; es war mir einfach zuwider. Immerhin sind mir einige nicht ganz glückliche Züge in Ihrem Spiel aufgefallen. Ich denke da an Ihr Verhalten gegenüber diesem Rockhaus."

Hardy schien sich nicht gerade wohl in seiner Haut zu fühlen. Er suchte nach Worten und stotterte schließlich: „Ich wußte ja nicht, daß... Ich dachte, sein häufiges Zusammensein mit Ihnen könnte zu einer Gefahr..."

„Ich liebe keine Kurzschlußhandlungen", warf Margrit mit scharfer Stimme ein. „Denken Sie an die Folgen!"

„Glauben Sie, daß mich bereits jemand verdächtigt? Ich hatte das Atemgerät..."

„Sie haben wie ein Dilettant gehandelt. Ein Mordfall hätte uns in die größten Schwierigkeiten gebracht."

„Sie meinen, unser Unternehmen wäre dadurch ernstlich gefährdet worden?"

„Was denken Sie, weshalb ich mir alle Mühe gegeben habe, den Jungen vor dem Tode zu bewahren? Und jetzt habe ich ihn am Halse, weil er sich einbildet, ich hätte es aus Liebe getan."

Margrit lachte in einer Art, die Wili ins Herz schnitt. Er mußte sich beherrschen, um nicht aufzuspringen und dieser Frau seine Verachtung ins Gesicht zu schleudern. Doch im nächsten Augenblick überfiel ihn tiefe Trauer. Was sollte er Jochen sagen? Der arme Junge würde völlig verzweifeln; sicherlich war es seine erste Liebe. Je länger er aber in seinen Illusionen lebte, desto schlimmer würde das Erwachen sein. Es half alles nichts, er mußte die Wahrheit erfahren.

Der Vorhang war, wie üblich, bis auf den schmalen Spalt zugezogen, und der kuglige Simin sprang von einer Wand zur anderen.

„Ausgezeichnet", rief er einmal übers andere, „ausgezeichnet! Jetzt können wir uns auf die Bärenhaut legen und brauchen nur noch ab und zu einen Blick auf den Oszillographen zu werfen. Und wenn sich von Mirograd aus ein rötlicher Punkt auf die Reise be-

gibt, erheben wir uns in aller Ruhe und greifen zu, sobald er in Lunastadt angelangt ist."
„Es sei denn, die Unterlagen wurden schon vor Callingtons Skaphandersprung gestohlen", gab Howald einmal mehr zu bedenken.
„Aber die Forschungen in Mirograd waren zu dieser Zeit noch gar nicht abgeschlossen; Sie selbst haben es doch gerade festgestellt."
„Ich schon."
„Und die Leute von der anderen Seite, glauben Sie, haben es nicht gewußt und die unfertigen Unterlagen geklaut. Und ahnungslos, wie sie waren, haben sie Callington damit in den Himmel geschickt. Und wie es sich zeigte, ging es auch so."
„Wer weiß?"
Howald schraubte sich aus seinem Schreibtischsessel hoch, trat ans Fenster und zog den Vorhang auf. Das grelle Sonnenlicht fiel auf den in der hinteren Zimmerecke aufgestellten Oszillographen. Howald schaltete das Gerät ein und blickte sinnend auf die roten Pünktchen, das eine, das seinen eigenen Standort anzeigte und von dem in seiner Tasche befindlichen Pulver herrührte, und das andere, etwas größere, das von dem in den Kapseln untergebrachten Pulver in Mirograd stammte. Eigentlich bestand dieser Punkt aus zwei kleineren, nahe beieinander stehenden. Ihr Abstand betrug etwa einen Millimeter, was sich daraus erklärte, daß das Lager, wo sich die von Doktor Matu präparierten Reservekapseln befanden, etwa hundert Meter von Matus Schreibtisch, in dem die übrigen lagen, entfernt war.
Plötzlich griff sich Howald an den Kopf. „Verflixt, jetzt habe ich Matu vergessen zu sagen, daß er seinen Assistenten nicht weiter mit dem Radiopulver in der Westentasche herumlaufen läßt. Der Mann be-

fand sich, als ich in Mirograd war, gerade auf dem Wege nach Lunastadt; wir haben ihn beobachtet, als er den Krater IV passierte. Er scheint inzwischen nach Mirograd zurückgekehrt zu sein, da außer diesen beiden Punkten und meinem eigenen kein anderer zu sehen ist. Ich werde Doktor Matu sofort anrufen, damit er sich das Pulver von seinem Assistenten zurückgeben läßt."

„Wenn der es lose in der Tasche getragen hat", orakelte Simin, „haben sich womöglich einige Körnchen in irgendwelchen Ecken oder Zipfeln verborgen, und wenn er Mirograd ein weiteres Mal verläßt, halten wir ihn für unseren Mann und machen Jagd auf ihn."

„Er muß seinen Anzug in den Schrank hängen und einen anderen anziehen", sagte Howald.

„Und wenn der Assistent Fragen stellt oder sich über diesen ungewöhnlichen Wunsch wundert und zu anderen darüber spricht? Das könnte unseren Mann warnen."

„Matu muß seinen Assistenten verpflichten, den Mund zu halten."

„Immerhin müssen wir jetzt mit einem Unsicherheitsfaktor rechnen; das Radiopulver hat einiges von seinem Glanz eingebüßt."

Howald schaltete das Gerät wieder ab und schleppte sich zu seinem Sessel.

„Wenn der Assistent das Pulver noch in der Tasche hat, müßte er sich im Augenblick in unmittelbarer Nähe von Matus Arbeitszimmer oder vom Lager aufhalten, sonst hätten wir ihn als Extrapunkt auf dem Schirm gesehen. Vermutlich hat ihm Matu das Pulver aber schon wieder abverlangt. Um sicherzugehen, werde ich jedoch ..."

Eben da ertönte der Summer, und gleich darauf sagte

eine weibliche Stimme: „Herr Howald, Herr Abaschwili wünscht Sie dringend zu sprechen."
„Soll hereinkommen." Howald quälte sich wieder aus seinem Sessel hoch und ging zur Tür, um Wili hereinzulassen. Als Wili eintrat, reichte ihm Howald die Hand und machte ihn mit Simin bekannt.
„Was gibt es so Dringendes?" fragte er, sobald er Wili einen Stuhl angeboten hatte. „Sie sind ja ganz außer Atem."
Wili berichtete ohne Umschweife von dem Gespräch, das Margrit Messmer mit dem Journalisten in der Bar des „Babylon" gehabt hatte, und Howald machte ein immer ernsteres Gesicht. Simin hingegen wurde immer heiterer und rief schließlich: „Was sagen Sie jetzt, Howald? Sind Sie immer noch der Meinung, die Aktion sei bereits gelaufen?"
„Wie könnte ich, angesichts dieser eindeutigen Fakten. Übrigens möchte ich klarstellen, daß meine praktische Arbeit nicht einen Augenblick von meiner Meinung beeinträchtigt wurde. Haben Sie", wandte er sich jetzt an Wili, „Herrn Rockhaus von dem Gespräch unterrichtet?"
„Ja."
„Sie hielten sich dazu für verpflichtet?"
„Wie ich mich verpflichtet fühle, Sie zu unterrichten."
„Und Herr Rockhaus ist spornstreichs zu dieser Frau gelaufen, um sie zur Rede zu stellen?"
„Bis jetzt nicht; ich habe ihn gebeten, nichts zu überstürzen und sich erst einmal etwas zu beruhigen. Ich wollte nicht, daß er etwas unternimmt, bevor ich mit Ihnen gesprochen habe."
„Sehr gut!" rief Simin. „Obwohl es besser gewesen wäre, wenn er noch nichts erfahren hätte. Es wird ihm jetzt schwer werden, sich Margrit Messmer gegenüber weiterhin unbefangen zu zeigen."

„Sie wollen, daß sich Jochen nichts anmerken läßt und sich ihr gegenüber wie bisher verhält?" fragte Wili erstaunt. – Simin nickte.
„Wäre es nicht besser", schlug Howald vor, „wenn Herr Rockhaus die Beziehungen zu ihr ohne Erklärung abbräche. Wir muten ihm allerhand zu, wenn er die Frau, die er sicherlich noch immer liebt, belügen soll. Wenn er die Nerven verliert, wäre sie gewarnt."
Simin ließ sich jedoch nicht von seinem Vorhaben abbringen.
„Er muß sie ja nicht belügen. Herr Abaschwili, versuchen Sie, Herrn Rockhaus davon zu überzeugen, daß das Verhalten dieser Dame auch eine andere Deutung zuläßt. Sie hat doch eigentlich genau das getan, was sie mit Rockhaus abgesprochen hatte. Gut, sie ist etwas weiter gegangen und hat sich, um mehr herauszubekommen, als Komplizin dieses Hardy ausgegeben und überdies einige unschöne Bemerkungen über Rockhaus gemacht. Aber mußte sie das nicht tun, wenn sie Hardy gegenüber glaubhaft wirken wollte? Sagen Sie das Ihrem Kollegen, und wenn er die Frau wirklich liebt, wird es Ihnen nicht allzu schwer werden, ihn zu überzeugen. Er wird Ihnen sogar von Herzen dankbar sein."
Wili machte nicht gerade ein glückliches Gesicht, als er aufstand, um sich zu verabschieden.
„Einen Augenblick noch, Herr Abaschwili." Howald zog ein Schächtelchen hervor. „Wir müssen immerhin damit rechnen, daß sich Herr Rockhaus den Leuten verdächtig macht, was ihn in ernstliche Gefahr bringen könnte. Ich gebe Ihnen etwas von diesem Pulver. Bringen Sie das bitte, ohne daß er es bemerkt, in einer Tasche seines Anzuges unter. Wir sind dann eher in der Lage, ihn zu schützen."

Abaschwili mußte lachen. „Das ist wohl ein Zaubermittel? Wer es besitzt, ist unverwundbar."
„So ungefähr."
„Und gegen unglückliche Liebe, haben Sie da auch zufällig ein Pulver zur Hand?"
„Vertrauen", sagte Simin. „Da hilft nur Vertrauen, wenn da überhaupt etwas hilft. Sagen Sie das Herrn Rockhaus."
Als Wili gegangen war, blickte Howald mit einem seltsamen Ausdruck im Gesicht zu Simin hinüber. „Vertrauen! War das Wort in diesem Zusammenhang nicht reichlich unangebracht?"
Simin grinste. „Wir wollen sehen."
„Ich befürchte . . ."
„Ich auch", sagte Simin und grinste noch herausfordernder. „Aber lassen wir das jetzt. Vorderhand ist es wichtiger, das Motiv zu finden, das Arthur Douglas zu dem Unternehmen getrieben hat. Wie wir wissen, handelt es sich bei der Firma Douglas um einen der wenigen Betriebe in den USA, die nicht enteignet wurden, da sie bei der Entmachtung des alten Herrschaftssystems tatkräftige Hilfe geleistet haben."
„Demnach müßte der alte Douglas ein anständiger Kerl sein."
„Ein ausgekochter Kapitalist", meinte Simin, „würde selbst den Aufbau des Sozialismus in Auftrag nehmen, wenn er seinen Profit dabei macht." Und lächelnd fügte er hinzu: „Vermutlich würde er jedoch einen verdeckten Fehler einbauen, damit dauernd was repariert werden muß und der Herr nicht überflüssig wird und die Geschichte immer wieder in die Hand bekommt."
„Und obendrein an seinen Fehlern verdient", sagte Howald. „In dem Falle erhebt sich die Frage, an welchem Fehler der alte Douglas zu verdienen gedenkt."

Simin hob die Schultern. „Am besten, Sie erkundigen sich mal im Stadthaus. Dort arbeiten einige Nordamerikaner; vielleicht ist ein Wirtschaftsfachmann unter ihnen, der die konkreten Bedingungen kennt, unter denen die restlichen Privatunternehmen in den USA gegenwärtig produzieren."

„Ich habe mich entschlossen, die zuständigen Stellen zu unterrichten." Jochen Rockhaus bemühte sich, seiner Stimme Festigkeit zu geben, doch war die Unsicherheit nicht zu überhören.
Also ist noch nicht alles verloren, dachte Wili und forderte Jochen auf, nicht wie ein gefangener Tiger ununterbrochen im Zimmer herumzurennen, sondern ihn endlich in Ruhe anzuhören. Jochen bezwang sich und setzte sich auf einen Stuhl.
Als Wili ihm am vorigen Abend von der Unterhaltung zwischen Margrit und Hardy berichtet hatte, war er, ohne ein Wort herausbringen zu können, auf sein Zimmer gelaufen, hatte sich auf das Bett gesetzt und war die ganze Nacht reglos sitzen geblieben. Sein Körper war wie gelähmt, in seinem Innern aber tobte ein furchtbarer Kampf. Obwohl ihm seine Gefühle sagten, daß er diese Frau liebte und von ihr wiedergeliebt wurde, mußte er sich eingestehen, daß sie ein teuflisches Spiel mit ihm getrieben hatte. Der schreckliche Widerstreit von Gedanken und Gefühlen drohte ihn zu zerreißen, und doch saß er wie versteinert auf seinem Bett. Und je lebloser sein Äußeres wurde, desto heftiger tobte der Kampf in seinem Innern. Statt zu ermüden, ergriff ihn eine fieberhafte Erregung; seine Gedanken und Gefühle gerieten in einen Strudel, der schneller und immer schneller kreiste. Und auf einmal hatte Jochen die beängstigende Vorstellung, daß er sich in unheimlicher Geschwindigkeit

um sich selber drehte und im nächsten Augenblick den Verstand verlieren würde. Es war der Selbsterhaltungstrieb, der ihn von dem Abgrund zurückriß. Und der ihn selbst überraschende Entschluß, sich an die zuständigen Behörden zu wenden, war der Halt, an den er sich klammerte, um nicht wieder in den wahnsinnigen Strudel zu stürzen.

„Ich bin fest entschlossen", wiederholte Jochen, und sein flehender Blick gab Wili zu verstehen, daß er nicht stark genug war, einen Entschluß zu verteidigen, ohne den er dem ausweglosen Widerstreit seiner Gedanken und Gefühle doch hilflos ausgeliefert war.

Wili war nicht wohl in seiner Haut, als er sich der Worte Simins bediente und Jochen davon zu überzeugen versuchte, daß er Margrit bestimmt unrecht tue, wenn er ihr nicht vertraue. „Sie war eben eine bessere Schauspielerin, als wir annehmen konnten; sie hat den Journalisten damit hereingelegt. Daß wir selbst darauf hereingefallen sind, ist unsere eigene Schuld. Wir hätten es besser wissen sollen. Dabei war ich selbst es, der behauptet hat, daß die Leute auf dem Mond zu perfekten Schauspielern werden."

„Und wer sagt dir, daß nicht ich es bin, dem sie etwas vormacht?"

„Hatte sie ihr Vorgehen mit dir oder mit Hardy abgesprochen? Mit dir! Und hat sie nicht genau das erreicht, was sie erreichen wollte?"

Jochen schaute Wili ungläubig an. „Ich begreife nicht, wie du so plötzlich deine Meinung ändern kannst. Du warst es doch, der mich vor ihr gewarnt hat, als die Geschichte mit dem Atemgerät passiert war; du hast das Gespräch zwischen Margrit und Hardy so gedeutet, daß sie als Komplizin Hardys erschien. Und jetzt, wo du mich überzeugt hast, bist du auf einmal der entgegengesetzten Meinung und nimmst sie in Schutz."

Wili wäre am liebsten davongelaufen. In solch einer scheußlichen Situation hatte er sich sein Lebtag noch nicht befunden; und wenn dieser Simin nicht in solch einem seltsamen Ton, der noch jetzt Wilis Gewissen zu beruhigen schien, gesprochen hätte, wäre er wohl tatsächlich aufgesprungen und aus dem Zimmer gelaufen.

„Ich habe mich eben geirrt", erklärte Wili. „Oder ich irre mich diesmal. Wer weiß das? Deshalb sollten wir uns nicht in eine Meinung verrennen, bevor wir ganz sicher sein können."

„Wie soll ich das verstehen?"

„Sprich mit Margrit, dann wirst du erfahren, was Irrtum und was Wahrheit ist. Aber überfall sie nicht mit Verdächtigungen. Schließlich hast du das Gespräch zwischen ihr und dem Journalisten nicht gehört, und sie ahnt nicht, daß du durch mich davon erfahren hast. Verhalte dich also so, als ob du nichts wüßtest. Und wenn sich wirklich herausstellt, daß wir sie zu Unrecht verdächtigt haben, hast du dich nicht vor ihr bloßgestellt."

Jochens Augen waren auf den Boden geheftet. Plötzlich hob er den Kopf und blickte Wili ganz eigenartig an. „Ich glaube dir nicht!" rief er mit einer Stimme, die Wili wie die eines Fremden erschien. „Und du glaubst selbst nicht, was du sagst. Das ist eine ausgeklügelte Geschichte; wenn sie auch noch so geschickt ausgedacht ist, ich durchschaue sie, gerade weil sie so logisch erscheint, gerade deshalb. Sie ist zu logisch."

Wili stand nun doch auf; er spürte, daß er nicht fähig war, Jochen noch länger etwas vorzumachen. Und nur die Erinnerung an den Ton von Simins Stimme gab ihm den Mut, Jochen ein letztes Wort zu sagen, bevor er aus dem Zimmer ging. „Sprich mit Margrit", sagte Wili. „Tust du es nicht, könnte das der Fehler deines Lebens sein."

11.

Die Poseidoner interessierten sich, wie alle früheren Besucher aus der Tiefseestadt, vor allem für diejenigen Seiten des Lebens auf dem Mond, die sich aus dessen geringer Anziehungskraft ergaben. Sie hatten schon viel von den sensationellen Ergebnissen des Instituts für experimentelle Medizin gehört und befanden sich eben jetzt auf dem Wege dahin. Natürlich gingen sie zu Fuß, um die Leichtigkeit des Laufens auf dem Mond zu genießen. Und der Bürgermeister von Poseidon, der schon öfter in Lunastadt gewesen war, amüsierte sich über seine Gefährten, die ungeachtet aller Warnungen auf die Benutzung von Trimmschuhen verzichtet hatten und nun die gewagtesten Sprünge machten. Als die Poseidoner an einer Baustelle vorüberkamen, wunderten sie sich über die Selbstverständlichkeit, mit der die Bauleute gewaltige Eisenträger, Betonplatten und andere Bauelemente, die auf der Erde sechs Zentner und mehr wogen, auf die Schulter nahmen und davontrugen. Obwohl sich die Poseidoner diese Erscheinung als ganz natürlich erklärten, mutete sie sie doch wie Zauberei an.
„Auf dem Mond", meinte einer von ihnen, „kann ein Mann seine Frau tatsächlich sein Leben lang auf Händen tragen, denn beide zusammen wiegen hier nicht halb soviel wie er auf der Erde allein."
„Und ebenso leicht", entgegnete ein anderer, „kann hier eine Frau ihren Mann auf den Arm nehmen."

„Das geschieht hier buchstäblich jeden Tag", erklärte das Poseidoner Stadtoberhaupt. „Von einem ausgesprochen ernsten Fall dieser Art habe ich erfahren, als ich das vorige Mal Lunastadt besuchte. Zu dieser Zeit geschah es, daß eine Expedition plötzlich kein Lebenszeichen mehr von sich gab. Zwei Männer und eine Frau hatten auf der anderen Seite des Mondes eine klimatologische Station eingerichtet und waren auf dem Rückweg von einem Unglück betroffen worden. Beide Männer hatten von einem herabstürzenden Gesteinsbrocken solche Verletzungen erlitten, daß sie außerstande waren, auf eigenen Füßen zu gehen. Und da die Funkverbindung gestört war, konnte auch keine Hilfe herbeigerufen werden. Die Frau lud sich beide Männer auf und trug sie in zwei Tagesmärschen über eine Strecke von mehr als hundert Kilometern zur nächsten Station. Und als sie dort ankam, war sie nicht einmal sonderlich erschöpft. Als ich davon hörte, habe ich diese Frau bewundert, obwohl ich doch, sozusagen bis auf das Gramm genau, wußte, daß sie etwas ‚Kinderleichtes' getan hatte. Auf dem Mond gelten eben andere Maßstäbe, und man macht sich nur lächerlich, wenn man hier mit denen der Erde mißt."
Die Poseidoner waren unterdessen weitergegangen und langten jetzt am Institut für experimentelle Medizin an. Sie wurden zum Direktor geführt, der sie mit herzlichen Worten empfing und den Poseidoner Bürgermeister wie einen alten Bekannten begrüßte.
„Diesmal", rief der Wissenschaftler – und dabei machte er ein geheimnisvolles Gesicht –, „kann ich Ihnen etwas ganz Besonderes zeigen! Doch das heben wir uns bis zuletzt auf; als erstes besichtigen wir, wie üblich, die verschütteten Talente."
„Wollen Sie mich noch einmal zu einem Shakespeare machen?" fragte das Poseidoner Stadtoberhaupt. „Es

hat mich einige Mühe gekostet, mir das Dichten wieder abzugewöhnen."

Der Institutsdirektor lachte hell heraus. „Hat es Sie in der Ausübung Ihrer Amtsgeschäfte behindert? Na ja, ein dramatischer Bürgermeister ist vielleicht nicht gerade das richtige, noch dazu dreitausend Meter unter dem Meeresspiegel. Da hat man andere Sorgen."

Indessen hatten sie die Abteilung betreten, aus der jeden Tag eine Anzahl über Nacht zu talentierten Künstlern, Wissenschaftlern oder Sportlern gewordener Personen entlassen wurde. Man hatte sie in einen hypnotischen Schlaf versetzt, um ihnen zu suggerieren, sie seien ein bestimmter genialer Physiker oder Mathematiker oder Philosoph oder Maler oder Dichter oder Komponist oder Schauspieler oder Langstreckenläufer. Überdies ließ man sie im hypnotischen Zustand die entsprechenden Übungen machen. Das war im allgemeinen kein Problem. Nur die sportlichen Übungen machten, wenn es sich um weitläufige Disziplinen handelte, einige Schwierigkeiten. Ein in Hypnose ausgeführter Stabhochsprung zum Beispiel ist schon an sich etwas ungewöhnlich; auf dem Mond wird er zu einem Problem. Davon wußte der Institutsdirektor eine Geschichte zu erzählen.

„Es handelte sich", begann er, „um ein wirkliches Talent. So hoch wie er ist wohl noch keiner in der Welt gesprungen. Auf der Erde war er nur wenig über fünf Meter gekommen und hätte niemals Aussichten gehabt, ein hervorragender Athlet zu werden. Auf dem Mond sprang er schon nach kurzer Behandlung mehr als dreißig Meter hoch, und wir hatten Schwierigkeiten, ihm eine ausreichend lange Stange zu besorgen. Leider mußten wir die Versuche vorzeitig einstellen, und zwar aus einem kuriosen Grunde. Der junge Mann hatte sein Übungspensum auf dem Sportplatz erledigt, klemmte sich die ungeheuer lange Stange unter den Arm und machte sich auf den Weg zurück zum Institut. Natürlich kam er, als er den Straßenzug besteigen wollte, in Schwierigkeiten, richtete die schrecklichste Verwirrung und schließlich ein Verkehrschaos an. Er war wohl noch halb in Trance gewesen und hatte vergessen, die Stange auf dem Sportplatz zu lassen. Seitdem", endete der Direktor, „ist Stabhochsprung auf dem Mond verboten."

Die Poseidoner würdigten die Geschichte mit dem gehörigen Lachen, und der Direktor sah sich genötigt, auf die ansonsten ernst zu nehmenden Ergebnisse der Arbeit seines Instituts hinzuweisen. Und in der Tat waren diese Ergebnisse im allgemeinen erstaunlich. Die hypnotisch behandelten Personen erwachten, ohne sich allerdings an das geringste erinnern zu können, in bestem Wohlbefinden und waren in der Lage, ihre bis dahin verschütteten oder gehemmten Fähigkeiten in vollem Maße zur Wirkung zu bringen.

„Auf der Erde", erklärte der Direktor weiter, „gibt es bereits eine Vielzahl solcher Institute, und ihre Arbeit wirkt sich ungemein vorteilhaft auf die gesellschaftliche Produktivität und auch auf das Wohlbefinden jedes einzelnen aus. Daher erhalten diese Institute eine besondere Förderung durch die Allgemeine Menschheitsassoziation."

„Und selbstverständlich genießt auch Ihr Institut die besondere Gunst der AMA", meinte einer der Poseidoner.

„Selbstverständlich", bestätigte der Direktor, „behandeln wir doch die besonders komplizierten Fälle, da auf dem Mond ausnehmend günstige Voraussetzungen dafür existieren. Beispielsweise werden hier Wissenschaftler, die sich in eine irrige Auffassung verrannt haben oder, obwohl sie kurz vor der Lösung eines Problems stehen, nicht weiterkommen, weil sie den Wald vor lauter Bäumen nicht sehen, mit großem Erfolg behandelt. Wir erhalten nicht selten die Nachricht von einer sensationellen Entdeckung oder Erfindung, die ein Wissenschaftler schon wenige Tage nach seiner Rückkehr zur Erde gemacht hat. Auch Künstler zeigen ähnliche Erfolge und schicken uns häufig ihre Werke, die nach dem Verlassen unseres Instituts entstanden sind. Vorzugsweise aber suchen uns Schriftsteller auf, die in eine Krise geraten sind und an ihrem Talent verzweifeln wollen. Natürlich", sagte der Direktor und lächelte, „können wir nicht allen helfen. Wir sind lediglich in der Lage, vorhandene Talente zu wecken oder aus einer Verklemmung zu befreien. Wer kein Talent hat, dem können auch wir keines verschaffen. Das hat schon manche Enttäuschung gegeben. Aber einen von seinem Wahn zu heilen ist ja auch schon etwas wert."

Nach diesen Worten erläuterte der Institutsdirektor die zwei Abteilungen einer Ausstellung, die sich in diesem Raum befand. Die erste Abteilung zeigte erstaunliche Leistungssteigerungen von Personen, deren Fähigkeiten gehemmt gewesen waren. Zur Verdeutlichung waren die Leistungen der jeweiligen Person vor und nach der Behandlung gegenübergestellt. In den meisten Fällen konnte eine Steigerung um mehr als fünfzig Prozent verzeichnet werden. Die andere Abteilung stellte Personen vor, deren Talent erst durch die Behandlung in diesem Institut entdeckt wurde. Unter ihnen befanden sich einige inzwischen berühmt gewordene Künstler und Wissenschaftler.

„Und jetzt", sagte der Direktor, „werfen wir einen

Blick in einen der Räume, in denen gerade bestimmte Übungen ausgeführt werden. Da die Personen unter Hypnose stehen, wollen wir den Raum nicht betreten, sondern durch dieses Fenster schauen. Es handelt sich um die mathematische Klasse."

Die Poseidoner drängelten sich an dem Guckfensterchen, um einen Blick auf die hypnotisierten Schüler zu werfen. Diese waren mit geometrischen Aufgaben beschäftigt, was an den entsprechenden Geräten und Instrumenten zu erkennen war. Sie hantierten natürlich mit offenen Augen, bewegten sich aber in der eigentümlichen Art von Blinden. Auch hatten ihre Gesichter einen etwas stumpfen Ausdruck, so daß man den Eindruck hatte, es handele sich um eine Schwachsinnigenschule.

Der Direktor führte seine Gäste zum Fenster des nächsten Raumes.

„Das ist die Malerklasse", erklärte er. „Jedem dieser Leute wurde ein berühmter Maler als Vorbild suggeriert. Sehen Sie diesen jungen Mann, der dem Fenster am nächsten arbeitet; er glaubt, der berühmte Tizian zu sein. Und der neben ihm hält sich für Dürer."

„Sie malen aber offensichtlich nicht in der Manier ihrer Vorbilder", bemerkte einer der Poseidoner.

„Das ist gerade das Großartige", behauptete der Direktor. „Sie folgen nicht dem Stile eines anderen, sondern drücken, von allen Komplexen völlig unbelastet, ihre natürliche Individualität aus. Die von ihnen angefertigten Gemälde zeigen daher eine erstaunliche Vielfalt des Stils und der Auffassung. Schon allein dadurch unterscheiden sie sich wohltuend von solchen Malern, die zu ihrem eigenen Schaden in einer ihrem Talent fremden Manier arbeiten."

„Das kann ich bestätigen", meinte der Poseidoner Bürgermeister. „Obwohl Sie mir bei meinem vorigen

Besuch Ihres Instituts suggeriert hatten, ich sei Shakespeare, habe ich nicht nur statt Tragödien oder Komödien lauter ellenlange Romane geschrieben, sondern sie hatten auch einen schauderhaften Stil."

Als das allgemeine Gelächter abgeebbt war, legte der Direktor seinem hohen Gast begütigend die Hand auf die Schulter. „Ich sagte es bereits. Wir können nur vorhandene Talente wecken; wo keines ist, sind auch wir machtlos."

„Aber", entgegnete der Bürgermeister, „den unstillbaren Drang zum Schreiben haben Sie in mir geweckt. Und das ist in meinem Falle eine furchtbare Plage, ich leide noch heute darunter."

„Dagegen weiß ich Rat", erklärte der Direktor. „Ich hatte Ihnen für Ihren heutigen Besuch etwas Besonderes versprochen. Es ist geradezu dafür geschaffen, geplagte Seelen aufzuheitern. Wenn Sie mir bitte folgen wollen."

„Da bin ich aber gespannt!" rief der Bürgermeister.

Die Poseidoner wurden von ihrem Gastgeber in einen Raum geführt, in dem einige bequeme Sessel in zwangloser Ordnung standen. Ansonsten war der Raum völlig leer; die Wände waren in freundlichen Farben gestaltet.

„Nehmen Sie schon immer Platz", sagte der Direktor und trat an eine Art Schalttafel, die neben der Tür angebracht war. Er drückte in bestimmten Abständen auf einige der Tasten, worauf ein kaum wahrnehmbares Geräusch den Raum erfüllte. Seltsamerweise schien es den Poseidonern, als ob sie dieses Geräusch nicht hörten, sondern am Körper spürten; es war wie ein leises Prickeln, das mehr und mehr in ein Kitzeln überging. Die Poseidoner wurden von einer unerklärlichen Fröhlichkeit erfaßt, ihre Gesichter strahlten vor Heiterkeit, und sie begannen, sich gegenseitig

Witze zu erzählen, die sie in gewöhnlicher Verfassung für höchst albern gehalten hätten. Jetzt aber schütteten sie sich aus vor Lachen, bis ihnen die Tränen in die Augen traten und die Luft knapp wurde. Der Direktor schaltete die Anlage wieder aus. Das Wohlbehagen, in das die Poseidoner versetzt worden waren, hielt jedoch weiter an.
„Sie haben nicht zuviel versprochen", rief der Bürgermeister. „Ich fühle mich wie neugeboren, mindestens aber um die Hälfte jünger! Ich glaube, ich könnte Bäume ausreißen!"
„Sie wissen: Bäume sind hierzulande selten", erwiderte der Direktor lachend. „Obwohl die ionisierte Luft – denn diese und nichts anderes hat Sie in diesen angenehmen Zustand versetzt – das Wachstum der Pflanzen erstaunlich fördert. Mit dieser Unterstützung werden also auch die Bäume auf dem Mond schneller wachsen."
„Hoffentlich ergeht es uns nicht ebenso!" riefen die Poseidoner wie aus einem Munde.
„Sie sind doch bereits erwachsene Menschen", entgegnete der Direktor. „Da besteht keine Gefahr. Wie dieses Mittel auf Kinder und Jugendliche wirkt, ist allerdings eine andere Frage. Hier müssen wir sehr vorsichtig vorgehen, weshalb ich Ihnen auch noch nichts Endgültiges über die Folgen, die ionisierte Luft auf den noch im Wachsen begriffenen menschlichen Körper hat, sagen kann. In der Hauptsache aber dient dieses Verfahren dazu, die Erschöpfungserscheinungen mondsüchtiger Personen zu verringern. Die ersten Versuche haben bewiesen, daß deren Leistungsvermögen fast völlig wiederhergestellt werden kann. Aber auch auf anderen Gebieten konnten wir wunderbare Wirkungen erzielen, zum Beispiel in der darstellenden Kunst. Vorige Woche wurden im hiesigen

Theater ‚Die Vögel' von Aristophanes gegeben. Das Stück war speziell für eine Darstellung in ionisierter Luft bearbeitet worden."

„Ein für ionisierte Luft bearbeitetes Stück", riefen die Poseidoner lachend. „Das ist wahrlich ein tolles Stück!"

„Sie sagen es", pflichtete der Direktor bei, „es war einfach toll. Die Bearbeitung hatte den ‚Vögeln' einen tänzerischen Gestus verliehen, wodurch der ohnehin schwebende Gang auf dem Mond ästhetisch stilisiert und bedeutend angehoben wurde. De ionisierte Luft aber befähigte die Schauspieler, diesen tänzerisch-heiteren Gestus voll zur Wirkung zu bringen. Und die durch die gleiche Luft animierten Zuschauer folgten der Darbietung mit steigendem Entzücken, um schließlich in eine regelrechte Raserei zu geraten. Das Theater glich einem Bacchanal der tollsten Heiterkeit. Einfach unbeschreiblich!"

Nach diesem Bericht über ein Theaterereignis, das eine vorzügliche Vorstellung von der eigenen Spielart dieser Kunst gegeben hatte, fragten die Poseidoner noch nach diesem und jenem, unter anderem danach, ob die ionisierte Luft außer ihrer erfreulichen Wirkung auch Nebenwirkungen habe.

„Dieses Verfahren ist völlig unschädlich", versicherte der Direktor. „Es hat sogar desinfizierende Wirkung, vornehmlich bei Erkältungserscheinungen. In ionisierter Luft läuft keinem die Nase."

Mit diesem tröstlichen Wort beschloß der Direktor die Besichtigung seines Instituts, wollte seine Gäste jedoch nicht verabschieden, ohne ihnen einen letzten Spaß gemacht zu haben, und lud sie ein, ihm in einen kleinen Salon zu folgen, wo er sie Platz zu nehmen aufforderte und jedem eine Zitronenscheibe zu essen gab.

Die Poseidoner bissen erwartungsvoll hinein, machten aber saure Gesichter, denn zu ihrer Enttäuschung handelte es sich tatsächlich um eine ganz gewöhnliche Zitrone.

„Und jetzt", rief der Direktor, „trinken wir ein Gläschen zum Abschied!"

Und er goß jedem aus einer mit einer likörähnlichen Flüssigkeit gefüllten Karaffe einige Tropfen in ein kleines Glas. Nachdem jeder sein Glas geleert hatte, forderte der Direktor seine Gäste auf, noch einmal in die Zitronenscheibe zu beißen. Und diesmal wurde ihre Erwartung nicht enttäuscht. Die Zitrone schmeckte wunderbar süß, obwohl sie nach dem süßen Likör noch saurer hätte schmecken müssen.

„Erstaunlich!" riefen die Poseidoner. „Das reine Wunder! Wie im Märchen!"

„Dabei kommt der Wirkstoff, der dem Likör beigemischt ist, vollkommen fertig in der Natur vor. Es handelt sich um ein Glykoprotein, das aus den Früchten eines wild wachsenden Strauches gewonnen wird. Natürlich wächst er nicht überall und schon gar nicht auf dem Mond."

„Schmeckt mir nun mein Leben lang alles Saure süß oder alles Süße sauer?" erkundigte sich der Poseidoner Bürgermeister mit besorgter Miene.

„Solch einen Scherz hätte ich mir niemals erlaubt", erwiderte der Direktor. „In ein oder zwei Stunden haben Sie Ihren alten Geschmack wieder. Fragt sich nur, ob er Ihnen dann noch gefällt."

Damit hatte der Besuch des Instituts für experimentelle Medizin sein Ende gefunden. Die Poseidoner bedankten sich überaus herzlich bei ihrem freundlichen Gastgeber und machten sich, noch immer ein wenig ionisiert und mit einem süßlichen Geschmack im Munde, auf den Weg zurück ins Stadthaus, wo sie einer Sitzung des hiesigen Gemeinderates beiwohnen wollten.

12.

Howald suchte noch immer nach einem Manne, der ihm einige Auskünfte über die noch in Privatbesitz verbliebenen Betriebe in den USA geben konnte. Unter den Angestellten der Stadtverwaltung hatte er noch keinen gefunden. Als er aus dem Stadthaus trat, stieß er auf die Poseidoner Delegation, von der er wußte, daß sie aus Kommunalpolitikern bestand. Vielleicht, so dachte Howald, befindet sich unter ihnen einer, der mir meine Fragen beantworten kann. Die ungewöhnliche Heiterkeit der Leute erleichterte es ihm, sich ohne förmliche Umstände an sie zu wenden. Und er hatte Glück.

„Ich bin noch vor wenigen Tagen in den USA gewesen", erklärte einer der Poseidoner, nachdem Howald sein Anliegen vorgebracht hatte. „Und ich glaube, über die jüngste Entwicklung einigermaßen informiert zu sein." – „Es handelt sich um die noch in privater Hand befindlichen Großunternehmen", sagte Howald.

„Die wird es nicht mehr lange geben", entgegnete der Poseidoner. „Vor kurzem wurde ein Gesetz erlassen, wonach diese Betriebe innerhalb einer bestimmten Frist enteignet werden."

„Ohne irgend eine Entschädigung?"

„Nein. Diese Leute haben doch zur Entmachtung des alten Herrschaftssystems beigetragen. Einige stellten der Volksbewegung ihre privaten Fernsehstationen zur Verfügung, andere halfen dabei, die örtlichen Kampfzentralen mit den notwendigen Ausrüstungen auszustatten, oder leisteten finanzielle Hilfe."

„Soviel ich weiß", meinte Howald, „haben nur wenige so gehandelt."

„Man kann sie an den Fingern abzählen", bestätigte der Poseidoner. „Ob sie es aus ehrlicher Überzeugung getan haben, ist noch eine andere Frage. Als infolge der revolutionären Befreiung Lateinamerikas ihr lebensnotwendiges Hinterland verlorengegangen war, sahen die herrschenden Kreise in den USA ihre letzte Rettung in einem Krieg. Vor dieser Hysterie schreckten nun doch einige der Herrschaften zurück; und da allein die unerwartet schnell anwachsende Volksbewegung eine reale Alternative darstellte, sahen sie dort ihre einzige Überlebenschance."

„Und als Anerkennung für ihre Unterstützung der Volksbewegung beließ man ihnen zunächst ihre Betriebe?"

„So ist es", bestätigte der Poseidoner. „Und aus dem gleichen Grunde werden sie jetzt nicht entschädigungslos enteignet, sondern erhalten eine Abfindung von etwa der Hälfte des Wertes ihrer Betriebe."

„Da wird für einige ein ganz schönes Sümmchen herausspringen", meinte Howald. „Nehmen wir einmal die Firma Douglas in Cleveland. Sicherlich haben Sie von Callingtons sensationellem Skaphandersprung gehört."

„Gewiß. Wir haben ja unseren Besuch in Lunastadt um eine Woche vorverlegt, um diesen Herrn zu Gesicht zu bekommen."

„Viel Vergnügen", wünschte Howald mit einem eigenartigen Lächeln. „Bleiben wir für jetzt aber einmal bei der Frage, welche Bedeutung dieser Skaphandersprung für die Wertsteigerung des Betriebes von Douglas hat, selbst wenn er ihn nur zur Hälfte bezahlt bekommt."

„Ich glaube, das ergibt eine astronomische Summe."

„Da hätten wir also das Motiv", meinte Howald.
„Was meinen Sie?" fragte der Poseidoner.
„Oh", sagte Howald, „ich meinte nur, das lohnt sich schon."

Obwohl sie auf einer Bank im Planetarium saßen und vorsichtig sein mußten, dachte Alfried Listen nicht daran, zu flüstern.
„Nur gut", rief er ärgerlich, „daß Sie nicht den Namen unseres Mannes in Mirograd kennen, sonst hätten Sie ihr den auch noch verraten!"
„Aber Sie selbst", verteidigte sich Hardy, „waren doch dafür, ihr reinen Wein einzuschenken, falls es unumgänglich sein sollte."
„Ich bin mir nur nicht sicher, ob es unumgänglich war. Ich habe das Gefühl, daß die kleine Messmer geblufft hat – und Sie sind prompt darauf hereingefallen."
„Schon möglich", räumte der Journalist ein, „aber was ändert das daran, daß sie die Tochter des alten Douglas ist? Schließlich hat sie von uns allen hier das größte Interesse an dem Coup. Sie erbt das Vermögen des Alten, nicht wir."
„Na schön", meinte Listen einigermaßen beruhigt, „erzählen Sie ihr trotzdem nicht mehr als nötig; es ist schon genug schiefgegangen. Und wenn sich diese seltsame Engländerin nicht bis morgen vertrösten läßt, sind wir aufgeschmissen. Oder wissen Sie, wo ich die fünfzigtausend Dollar herkriege?"
Hardy wußte es nicht.

Es war wohl das erstemal, daß Wili seinen Dienst nicht wie sonst mit der gewohnten Aufmerksamkeit versah.
Er blickte immer wieder zu dem Tisch hinüber, an dem Jochen und Margrit saßen.

„Wo bleibt das Kompott?" rief der wohlbeleibte Herr, der mit seinem schüchternen Töchterchen im Restaurant des „Babylon" sein Mittagsmahl einnahm und sich eben mit der Serviette den Mund wischte.
„Das Kompott?" fragte Wili, als höre er dieses Wort zum erstenmal in seinem Leben. „Hatten Sie Kompott bestellt?"
„Ich bestelle es jetzt bereits zum drittenmal!" empörte sich der wohlbeleibte Herr.
„Und wievielmal möchten Sie es haben?" fragte Wili geistesabwesend.
Der wohlbeleibte Herr starrte ihn konsterniert an, machte den Mund auf, klappte ihn wieder zu, öffnete ihn ein weiteres Mal und schrie: „Wollen Sie mich zum Narren halten? Einmal natürlich!"
„Also zweimal", sagte Wili, der sich wieder gefaßt hatte, „für Sie und für Ihr reizendes Töchterchen."
Sobald Wili das Kompott gebracht und serviert hatte, blickte er wieder zu Margrit und Jochen hinüber. Eben jetzt lachte Margrit hell auf, und auch Jochen lachte, wenn auch ein wenig verlegen. Dem Himmel sei Dank, dachte Wili, das hat sich wieder eingerenkt. Doch wurde er nicht recht froh bei dem Gedanken, daß er es gewesen war, der Jochen bewogen hatte, mit Margrit zu sprechen. Wenn sie nun doch ein falsches Spiel spielte und Jochen hinters Licht führte? Eine vertrackte Geschichte! Falls sie ein schlimmes Ende nahm, müßte er sich sein Leben lang Vorwürfe machen. Doch Wili war nicht der Mann, untätig zuzusehen, wie die Dinge ihren Lauf nahmen. Kurz entschlossen bat er einen seiner Kollegen, sein Revier mit zu übernehmen, und trat zu Margrit und Jochen an den Tisch. „Darf ich Platz nehmen?"
„Selbstverständlich", sagte Margrit und reichte ihm

die Hand. „Wir waren eben übereingekommen, Sie um Ihre Mithilfe zu bitten."

„Ich soll . . .?"

„Warum nicht! Schließlich haben Sie bereits mitgespielt, ohne daß ich Sie darum gebeten hatte. Jochen hat mir alles gebeichtet, auch Ihre selbstlosen Bemühungen, ihn davon zu überzeugen, daß ich nicht ihm, sondern Hardy etwas vorgespielt habe."

„Was Sie mir besonders hoch anrechnen müssen, da ich selber nicht davon überzeugt war."

„Wie?" rief Jochen. „Du warst nicht davon überzeugt!"

„Wie sollte ich?" sagte Wili. „Ich kannte ja Fräulein Messmer bis jetzt nur von weitem."

„Vielen Dank!" rief Margrit lachend. „Das war nicht nur ein hübsches Kompliment, es beweist auch Ihre Ehrlichkeit."

„Wenn wir schon einmal so weit und bei der Ehrlichkeit sind", meinte Wili, „dann verraten Sie mir mal so nebenbei, wie Sie sich Ihrem Vater gegenüber verhalten wollen, wenn wir seinen Coup zum Platzen gebracht haben."

„Mein Vater kennt nur eine Maxime: Geld ist Macht. Das ist nicht meine Maxime, ich habe ihm das oft genug zu verstehen gegeben. Er hat es jedoch nicht zur Kenntnis nehmen wollen. Wahrscheinlich glaubt er noch immer, alles kaufen zu können, auch seine Tochter. Das hat jetzt ein Ende. Ich hatte schon vor meiner Abreise nach Lunastadt den Eindruck, daß er eine neue Manipulation plant. Es deutete alles darauf hin, daß er sein gesamtes Unternehmen verkaufen wollte, weil er in den neuen Verhältnissen in Amerika keine Chancen für seine Praktiken sah. Jetzt scheint es jedoch so, als ob er sein Unternehmen erweitern will, und noch dazu auf illegale Weise."

„Erweitern ist allerdings das Gegenteil von Verkaufen", meinte Wili. „Fragt sich bloß, ob sich hinter diesem Widerspruch nicht ein raffinierter Trick verbirgt."
„Ob so oder so", sagte Margrit, „ich werde ihm eine Postkarte schicken; es wird die letzte an ihn sein. Und ich werde weder mit Douglas noch mit Messmer unterschreiben, sondern mit Margrit Rockhaus. Damit ist alles entschieden, ein für allemal."
„Eine Millionärstochter wird die Frau eines Liftboys!" rief Wili. „Das kommt selten vor, wenn es überhaupt jemals vorgekommen ist. Aber es ist ein schöner Fall von Undankbarkeit gegenüber dem Vater. Sicherlich hat er bei seinem Coup vor allem an Sie gedacht, seine einzige Tochter."
„Woher wissen Sie das?"
„So etwas tut man nur für sein einziges Kind", entgegnete Wili.
Margrit blickte Wili schweigend an. Dann sagte sie: „Sie hätten den ironischen Ton unterdrücken sollen, er hat Sie verraten. Sie glauben nach wie vor, daß ich ein falsches Spiel spiele. Ihr Gerede von Ehrlichkeit hatte nur den Zweck, Ihre wirkliche Meinung zu verbergen."
„Alle Anerkennung!" rief Wili. „Sie haben mich durchschaut; machen wir uns also weiterhin nichts vor. Ich werde mir heute und morgen freinehmen, um Sie nicht aus den Augen zu lassen. Und wenn ich sehe, daß meine Zweifel unbegründet sind – was ich, offen gesagt, von Herzen wünsche –, werde ich Sie in aller Form bitten, mich als Trauzeugen anzunehmen. Sollte sich aber herausstellen, daß Sie mit Jochen ein schlimmes Spiel getrieben haben, dann . . ."
„Werden Sie mich auf den Mond schießen."
Margrit schien sich köstlich zu amüsieren.

Jochen hingegen machte ein durchaus ernstes Gesicht, als er sagte: „Wenn wir schon dabei sind, die Karten offen auf den Tisch zu legen, will ich keinen Zweifel daran lassen, daß ich Margrit voll und ganz vertraue."

Margrit schob ihre Hand unter Jochens Hand.

„Nun wäre die Reihe an mir. Leider bin ich aber in dem Spiel im Hintertreffen. Während ich Jochen und Ihnen aufs Wort glaube, trifft meine Offenheit auf einen Gläubigen und einen Ungläubigen."

„Immerhin hoffe ich", sagte Wili, „bald zu den Bekehrten zu gehören."

„Lassen wir es also bis dahin bei dem jetzigen Zustand, zumal er nicht ohne Reiz ist." Margrit schaute auf die Uhr. „Ich gehe jetzt auf mein Zimmer, um mich ein wenig niederzulegen. Der Abend wird heute lang werden."

Margrit Messmer war kaum aus dem Raum, da wandte sich Jochen ziemlich aufgebracht an Wili. „Ich verstehe dich nicht! Wie konntest du mir raten, mit Margrit zu sprechen, wenn du noch jetzt an ihrer Ehrlichkeit zweifelst?"

„Bereust du es, meinem Rat gefolgt zu sein?"

„Nein."

„Na also."

Sobald Margrit Messmer ihr Zimmer betreten hatte, tat sie äußerst merkwürdige Dinge. Sie räumte hastig ihren Schrankkoffer aus, schrieb eine Notiz auf einen Zettel und heftete diesen an den Griff des Koffers, legte sich ein im Wäschefach verborgenes Atemgerät an, telefonierte mit dem Hotelservice, trug darauf den Koffer auf den Gang, schlüpfte hinein und zog ihn zu. Das Schloß war kaum eingeschnappt, als ein Mann vom Hotelpersonal aus dem Lift trat, den Zettel las und den Koffer davontrug.

Nach zehn Minuten Fahrt mit dem Straßenzug stieg er vor dem Kurhaus ab und bat einen Liftboy, den Koffer auf Zimmer siebzehn abzugeben. Der Liftboy schaute auf das Schlüsselbrett des Kurhauses, und da der Schlüssel dort hing, ließ er sich ihn aushändigen und brachte den Koffer nach oben. Nachdem er ihn in Listens Zimmer abgestellt hatte, schloß er die Tür wieder ab und ging arglos davon.
Margrit Messmer öffnete, sobald sie allein war, mit einem Messerchen das präparierte Schloß, stieg aus dem Koffer und heftete einen anderen Zettel, auf welchen sie wieder eine Notiz geschrieben hatte, an den Griff. Danach durchsuchte sie gründlich Listens Zimmer. Sie brauchte sich nicht zu beeilen; Hardy hatte ihr erzählt, daß er um diese Zeit mit Listen einen Treff haben werde.

„Da hätten wir also das Motiv", sagte Simin, „ein hübscheres konnten wir uns gar nicht wünschen."
Howald pflichtete dem bei.
„Selbst die Hälfte einer astronomischen Summe ist immer noch ein rundes Sümmchen. Da lohnt sich der hohe Einsatz." – „Selbst der seiner Tochter?"
„Margrit Messmer sollte den Mikrofilm ohne ihr Wissen nach Cleveland bringen. Hardy hatte die Aufgabe, ihn heimlich in einem ihrer Gepäckstücke zu verbergen. Vermutlich wollte ihr Vater ihr Gewissen nicht unnötig belasten."
„Oder er war sich nicht sicher, ob sie mitmacht, wenn er sie in alles einweiht."
„Da geht es ihm ungefähr wie uns", sagte Howald und quälte sich ein Lächeln ab. „Fakt ist lediglich, daß sie den Journalisten aufs Kreuz gelegt hat, so daß er nicht mehr anders konnte, als ihr die ihr zugedachte Rolle zu verraten."

Simin ging zum Fenster und zog eine Seite des Vorhangs auf, so daß die andere Hälfte des Raumes im Dunkel lag. „Das ist etwa unsere Lage", erklärte er. „Zur Hälfte sehen wir klar, während die andere Hälfte noch ziemlich undurchsichtig ist."

„Sie meinen die Frage, wie Callington heil auf die Erde zurückkommen konnte, ohne die technischen Voraussetzungen zu haben? Oder diesen Olsen, der uns erst einen anonymen Brief schreibt, um dann spurlos zu verschwinden."

„Wir sollten sein Verschwinden nicht auf die leichte Schulter nehmen", meinte Simin. „Es ist möglich, daß sein Leben in Gefahr ist. Der Mann scheint einigen Leuten zuviel zu wissen. Was mich im Augenblick jedoch am meisten interessiert, ist der Mann in Mirograd. Wenn Margrit Messmer den Mikrofilm von Hardy erhalten sollte, so soll ihn Hardy vermutlich von Listen erhalten und dieser wiederum von einem Mann, der in Mirograd arbeitet. Das ist die übliche Stafette, um die Spuren zu verwischen."

„Das war schon im Mittelalter üblich", meinte Howald. „Die Diebstähle auf den Jahrmärkten wurden damals auf die gleiche Weise ausgeführt. Es wirkt reichlich komisch, dergleichen in unserer Zeit zu erleben."

„Das Anachronistische wirkt immer komisch", entgegnete Simin. „Und wenn ich im Augenblick nicht lache, dann nur, weil mich die Frage beschäftigt, ob der Mann in Mirograd nicht ebenfalls ohne sein Wissen zum Postboten gemacht werden soll. Wenn geplant war, Margrit Messmer als letztes Glied der Kette nicht einzuweihen, warum dann nicht auch das erste Glied?"

„Und wenn wir den Mann mit Hilfe des Oszillographen stellen, weiß er nicht zu sagen, wer ihm die Kapsel zugesteckt hat, weil er es gar nicht bemerkt hat."

Simin nickte. „Dann säßen wir schön in der Tinte. Wir hätten zwar den Mikrofilm sichergestellt, aber da er sich bei einem nichts ahnenden Mann befand, wäre er als Beweisstück nicht das geringste wert."
Howald schleppte sich zum Fenster und zog die andere Seite des Vorhangs zurück. „Es gibt zwei Möglichkeiten." Howald lehnte sich mit dem Rücken ans Fenster und warf einen langen, scharfen Schatten ins Zimmer. „Entweder, wir greifen erst zu, wenn die Kapsel in Listens Hände übergegangen ist, dann erhält der Film wieder seine Beweiskraft. Oder . . ."
„Oder?"
„Wir müssen schon in Mirograd zum Zuge kommen. Wie ich Doktor Matu kenne, findet er bestimmt einen Weg, auf dem unser Mann in die Schlinge geht."
Simin grinste wieder einmal. „Es sei denn, dieser Doktor Matu ist selber unser Mann."

13.

Jochen hatte mit Margrit einen Abendbummel gemacht und saß jetzt mit ihr in der ersten in Lunastadt eingerichteten Komga, einer Speisengaststätte, in der die Gäste kostenlos bewirtet wurden.
„Wie konntest du es wagen, in Listens Zimmer einzudringen?" setzte Jochen das bei Eintritt in die Komga unterbrochene Gespräch fort. „Du hättest vorher mit mir darüber sprechen sollen."
„Hättest du mich dann gehen lassen?"
„Natürlich nicht!"
„Siehst du! Weil ich wußte, du würdest vor lauter Angst, mir könnte etwas zustoßen, dagegen sein, habe ich dir vorher nichts davon gesagt."
„Aber darum geht es doch gar nicht."

Margrit schaute Jochen verwundert an. „Wie? Du hättest dich nicht um mich gesorgt?"
„Aber ja."
„Dann ist ja alles gut", rief Margrit vergnügt. „Ich befürchtete schon, ich hätte mich in einen Mann verliebt, der keine Angst um mich hat."
„Margrit, ich bitte dich! Du bist gegen Listens Willen in sein Zimmer eingedrungen. Das ist ein Eingriff in den Bereich seines persönlichen Lebens. Über sich und alles, was sein persönliches Leben betrifft, entscheidet aber jeder selbst. In diesem Bereich ist sein Wille unantastbar, das ist oberstes Gesetz."
„Aber Listen ist doch ein Verbrecher!"
„Ein Gesetz, das Ausnahmen duldet, ist kein Gesetz mehr."
Margrit schaute Jochen lange schweigend an.
„Du scheinst aus einer seltsamen Welt zu kommen", sagte sie endlich. „Gibt es denn zwischen den Menschen, unter denen du gelebt hast, keine Unterschiede? Überall leben doch kluge und dumme, fleißige und faule, gute und schlechte Menschen."
„Gewiß gibt es Unterschiede, aber man behandelt die Menschen doch nicht nach diesen Unterschieden. Wir leben nach dem Prinzip: Jedem nach seinen Bedürfnissen. Wenn aber jeder erhält, wessen er bedarf, unabhängig davon, was er leistet, so bedeutet das doch, daß die unterschiedlichen Leistungen nicht in Anschlag gebracht werden. Das gleiche muß logischerweise auch für alle übrigen Unterschiede gelten. Was der Mensch ist – körperlich, geistig und moralisch – verdankt er seinen natürlichen Anlagen und den Verhältnissen, die diese Anlagen gebildet haben. Für beides kann er aber nicht verantwortlich gemacht werden. Deshalb wäre es ungerecht, ihn für sein daraus resultierendes Verhalten zu belohnen oder zu bestrafen."

„Aber der Mensch hat doch einen Willen, also kann man ihn auch für das, was er tut, verantwortlich machen." – „Und woher kommt ihm dieser Wille?"

„Er hat ihn ..." Margrit wußte nicht weiter. Und je länger sie nachdachte, desto unmöglicher erschien es ihr, eine Antwort zu finden.

„Auch seinen Willen, seine Urteilskraft", erklärte Jochen, „verdankt der Mensch ebenso wie seine übrigen Fähigkeiten und Eigenschaften seiner natürlichen Veranlagung und deren Entwicklung durch die gegebenen Verhältnisse."

„Er kann aber doch sich selbst und seine Verhältnisse ändern."

„Natürlich", bestätigte Jochen, „aber doch nur mittels der ihm vorgegebenen Anlagen und Verhältnisse. Und da sind wir wieder am Ausgangspunkt angelangt."

„Dann sprecht ihr also die Menschen von aller Verantwortung für ihre Eigenschaften und ihr Handeln frei?"

„Weshalb machst du einen Menschen beispielsweise für seinen Fleiß, seine Ehrlichkeit und ähnliches verantwortlich, für andere Eigenschaften, beispielsweise seine Körpergröße, seine Kopfform und ähnliches, aber nicht? Weil die einen Eigenschaften verhältnismäßig leicht veränderbar sind, die anderen aber nicht. Und weil sich in jahrtausendelanger Übung Belohnung und Strafe als wirksame Mittel erwiesen haben, auf die leichter veränderbaren Eigenschaften Einfluß zu nehmen und sie in der gewünschten Richtung zu entwickeln. So entstand allmählich der Aberglaube, daß die Menschen Belohnung und Strafe verdienen. Es ist bezeichnend, daß diese Auffassung nicht immer und überall absolute Geltung hatte. In verschiedenen Ländern und zu verschiedenen Zeiten wurden Verbrecher Unglückliche genannt; Unglückliche aber darf man nicht bestrafen, man muß ihnen helfen. Auch wir helfen jedem, seine schlechten Eigenschaften abzulegen und seine guten zu entwickeln. Aber nicht mehr auf die spontane, primitive Art des unbewußten Menschen, der vom Nutzen der Strafe auf ihre Berechtigung schließt. Wir gehen davon aus, daß der Mensch fähig ist einzusehen, was zu seinem und zum Besten aller ist. Die Inanspruchnahme seiner Einsicht ist unter unseren Bedingungen das einzig wirksame Motiv. Mit irgendeinem Schuldbegriff zu operieren, würden wir nicht nur als philosophischen Unsinn ansehen, es widerspräche auch dem Prinzip: Jedem nach seinen Bedürfnissen. Durch die alltägliche praktische Anwendung dieses Prinzips haben wir uns daran gewöhnt, jeden Menschen unabhängig von seinen Eigenschaften und Leistungen als völlig gleichwertig zu achten."

Margrit war Jochens Worten mit großer Aufmerksamkeit gefolgt. „Ich kann mir vorstellen", sagte sie jetzt, „daß sich die Menschen unter diesen Bedingungen wirklich frei fühlen. Wo keiner den anderen schuldig sprechen darf, kann sich auch keiner über den anderen erheben. Statt dessen erhält jeder vorurteilsfreie Hilfe, was ihn anspornt, das Beste aus sich zu machen. Gegenüber dem Verurteilenden oder Strafenden fühlt man sich nicht verpflichtet, gegenüber dem Helfenden aber immer."

„Du bist die verständigste Frau, die es auf dem Mond gibt!" rief Jochen. „Ich werde höllisch aufpassen müssen, um nicht eines Tages ins Hintertreffen zu geraten."

„Ich habe Phantasie genug", beruhigte ihn Margrit, „mir bis an unser Lebensende dumme Fragen einfallen zu lassen, auf die du kluge Antworten geben kannst."

„Ich werde dich bei Gelegenheit daran erinnern", meinte Jochen. „Für diesmal aber ist noch eine andere Frage offen. Sobald die Menschen einander völlig gleichwertig sind, darf auch keiner, wie du selber geschlossen hast, über einen anderen bestimmen. Verstehst du jetzt, daß es unrecht von dir war, gegen den Willen eines anderen in dessen Zimmer einzudringen?"

„Jedenfalls verstehe ich jetzt dich", entgegnete Margrit.

„Nur bezweifle ich, daß deine Auffassung auch außerhalb der Verhältnisse, in denen du sie erworben hast, Gültigkeit hat."

„Natürlich weiß ich, daß auch bei uns früher andere Regeln für das Zusammenleben der Menschen galten", erklärte Jochen. „Mein Gefühl sträubt sich jedoch dagegen, anders zu denken und zu handeln, als ich es von Kind auf gewohnt bin."

Margrit fuhr Jochen mit der Hand durchs Haar. „Es ist merkwürdig: einerseits bist du naiv wie ein Kind und andererseits weise wie ein Philosoph. Das ist mir auch an Wili aufgefallen: Ihr scheint langsamer zu altern, aber schneller zu reifen als die Leute in meinem Lande. Ich glaube, ich werde mir doch bald die Gegend ansehen, wo solche Menschen wachsen."

„Auf zur Erde!" rief Jochen. „Wir werden eine Eilrakete nehmen. Oder verträgst du den Andruck nicht?"

„Wenn du mich in die Arme nimmst, vertrage ich jeden Druck", sagte Margrit. „Vorläufig sind wir aber noch auf dem Mond, und hier müssen wir auf Ereignisse gefaßt sein, denen mit einer zärtlichen Umarmung nicht beizukommen ist. Ich mache dir einen Vorschlag: während ich versuche, mich an deine Vorstellungen zu gewöhnen, um deinen Leuten nicht wie ein Wesen aus der Vorzeit zu erscheinen, bemühst du dich um einen Rückfall in die Barbarei, um solche Leute wie Listen und Hardy als das zu nehmen, was sie sind."

„Abgemacht", sagte Jochen, „ich werde mich bemühen. Aber beklage dich dann nicht, wenn ich auch dir versehentlich mal barbarisch komme."

Margrit lachte. „Woher willst du wissen, daß ich mich darüber beklagen würde?"

„Ich weiß es nicht. Aber ich hoffe es."

„Und wenn ich dich in deiner Hoffnung enttäusche?"

„Stecke ich dich in einen Koffer, der sich nicht von innen öffnen läßt. Übrigens", fragte Jochen, „wie bist du denn aus Listens Zimmer wieder herausgekommen? Du hattest mir nur erzählt, wie du hineingelangt bist."

„Wie ich aus meinem eigenen Zimmer herausgekommen bin", erklärte Margrit. „Die Türen der Hotelzimmer lassen sich ja hier von innen öffnen, auch wenn sie von außen abgeschlossen sind."

„Das ist aus Sicherheitsgründen so vorgeschrieben."

„Ich habe nicht angenommen, daß es mir zuliebe so eingerichtet wurde", meinte Margrit. „Jedenfalls habe ich, nachdem ich das Zimmer durchsucht, aber nur die Skizze gefunden hatte, den Koffer wieder vor die Tür gestellt, mit flüsternder Stimme den Service des Kurhauses angerufen und darum gebeten, den Koffer abzuholen und nach der auf dem Zettel notierten Adresse zu bringen."

„Und man hat ihn prompt in deinem Zimmer im ‚Babylon' abgestellt?"

„Ja."

„Zeig mir doch mal die Kopie der Skizze."

Margrit nahm die Kopie aus ihrer Handtasche und reichte sie Jochen, der sie eingehend musterte. „Sieht aus wie der Plan einer Stafette, die von Mirograd nach Lunastadt läuft."

„Offensichtlich", bestätigte Margrit. „Die einzelnen Buchstaben bezeichnen die Läufer; nur überreicht einer dem anderen statt des Stafettenstabes die gestohlenen Unterlagen."

„Und da es fünf Buchstaben sind, müssen wir mit fünf Leuten rechnen."

„Mit vier, der fünfte sollte doch ich sein. Sieh hier, mit dem E bin sicherlich ich gemeint, es ist am ‚Babylon' eingezeichnet. Das D steht am Planetarium, das müßte Hardy sein, der das Material dort von C empfängt und es zum Babylon zu bringen hat, um es mir hier zuzustecken. C könnte Listen sein, der es hier an diesem Punkt von B empfängt."

„Der erste Unbekannte", stellte Jochen fest. „Also müßte man sich dort postieren; das ist die entscheidende Nahtstelle. Was stellt dieser Punkt eigentlich dar?"

„Es handelt sich um eine verlassene Außenstation."

„Alle Achtung! Du hast schnell gearbeitet."

„War nicht schwierig; die Station ist auf jeder Karte von Lunastadt und Umgebung verzeichnet."

„Na schön, dann nehme ich meine Achtung zurück und hebe sie für später auf. B bringt also das Material zu dieser Außenstation, sobald er es in Mirograd von A erhalten hat. Wer ist dieser A?"

„Der zweite Unbekannte."

„Aufgaben mit zwei Unbekannten konnte ich nie lösen."

„Ich auch nicht."

„Das tröstet mich." Jochen wollte Margrit die Skizze zurückgeben, besann sich jedoch und steckte sie ein. „Wir müssen die Behörde unterrichten, die für Unbekannte dieser Art zuständig ist."

„Gib mir die Skizze zurück!" rief Margrit unerwartet heftig. „Das geht außer mir niemanden etwas an. Schließlich tut mein Vater das alles nur meinetwegen", setzte sie erklärend hinzu, „also ist es meine Sache, die Geschichte in Ordnung zu bringen."

Jochen war von dieser Wendung der Dinge reichlich überrascht. „Und was gedenkst du zu tun?"

„Nichts! Ich warte in aller Ruhe ab, bis Hardy mir das Material übergibt, und dann werfe ich es in die nächste Mülltonne. Die einfachste Sache der Welt."

„Und deinem Vater schreibst du eine Postkarte."

„Mit einer Lageskizze der Mülltonne, wie?" sagte Wili, der unbemerkt an den Tisch getreten war.

Margrit fuhr erschrocken zusammen. „Wie lange treiben Sie sich denn schon hier herum?"

Wili grinste. „Ich habe nicht auf die Uhr geschaut."

„Wir hatten ausgemacht, offen zueinander zu sein", stellte Margrit fest.

„Also offen gesagt", meinte Wili und grinste noch immer, „habe ich einen gesunden Hunger. Und wie ich beobachten konnte, habt ihr auch noch nichts gegessen, womit ich Ihnen verraten habe, wie lange ich mich hier herumtreibe."

„Schön, essen wir etwas. Aber vorher", wandte sich Margrit an Jochen, „gibst du mir die Skizze zurück."

Da Jochen noch zögerte, sagte Wili: „Gib mir die Skizze."

Sobald er sie erhalten hatte, reichte er sie Margrit. „War das nicht eine salomonische Lösung? Sie haben Ihre Skizze wieder, und Jochen braucht sich keine Gedanken darüber zu machen, daß er sie Ihnen gegeben hat."

„Vielen Dank", sagte Margrit ein wenig irritiert. „Aber jetzt wollen wir wirklich essen."

Sie standen auf und traten an den in der Mitte der

Komga stehenden großen, runden Tisch, auf dem von allen hier erhältlichen Speisen und Getränken ein Muster stand, so daß die Gäste nicht erst zur Speisenkarte zu greifen brauchten, sondern nach dem Augenschein wählen konnten. Neben jeder Speise und jedem Getränk stand ein Kästchen, in dem sich Metallmarken mit der Nummer des jeweiligen Gerichtes befanden. Nachdem die drei nach ihrem Geschmack gewählt und die entsprechenden Marken genommen hatten, gingen sie an ihren Tisch zurück und steckten die Marken in den am Rande der Tischplatte angebrachten Schlitz. Nach nur wenigen Sekunden ertönte ein melodisches Glockenzeichen, und in der Mitte des Tisches glitt ein Teil der Platte wie eine Schiebetür zur Seite und gab eine Öffnung frei.
Margrit blickte verblüfft auf das Menü, das wie hingezaubert vor ihr stand. „Das ist ja das reinste Tischleindeckdich! Wie im Märchen!"
„Eher wie bei der Post", meinte Jochen, „bei der Rohrpost, meine ich. Man könnte es auch mit einem Miniaturpaternoster vergleichen."
„Eine wunderbare Einrichtung. Gibt es das bei euch zu Hause auch?" fragte Margrit.
„Da gehört es seit langem zum üblichen Alltag", antwortete Wili und nahm die Speisen und Getränke aus der Öffnung, worauf sich die Platte wieder schloß. „Die ersten Komgas gab es schon, als ich noch Kind war. Natürlich waren sie technisch nicht so perfekt, und die Getränke mußten noch bezahlt werden. Später wurden auch die Getränke frei, und schließlich konnte man alles, was man zum täglichen Leben braucht, in den Koms ohne Geld bekommen."
„Komgas und Koms, was heißt das eigentlich?" fragte Margrit.
„Komga ist die Abkürzung von kommunistischer

Gaststätte", erklärte Wili, „außerdem gibt es die Komwas, das sind kommunistische Warenhäuser, weiter die Komles, die Lebensmittelgeschäfte, und so fort. Und alle zusammen nennen wir kurz und bündig die Koms."

„Und kaufen alle Leute in den Koms?" wollte Margrit wissen.

Als Wili und Jochen laut herauslachten, schaute sie die beiden verdutzt an, lachte aber im nächsten Augenblick mit.

„Kaufen war wohl in diesem Zusammenhang ein reichlich unangebrachtes Wort", entschuldigte sie sich.

„Es ist auch bei uns noch nicht ganz aus der Mode", meinte Jochen. „Luxusartikel und eine Reihe von Genußmitteln oder hochwertige Gegenstände können noch immer nur gegen Geld erworben werden. Alles andere aber ist für jeden frei zu haben."

„Auch in jeder Menge?" – „Natürlich."

„Also könnte ich mir beispielsweise soviel Speisen kommen lassen, bis nichts mehr auf die Tischplatte paßt?"

„Und warum tust du es nicht?"

„Weil es albern wäre."

„Und weil du dich vor den Leuten genieren würdest, mehr zu nehmen, als nötig ist."

„In diesem Falle einverstanden. Aber wie ist es mit Gegenständen, die man mit nach Hause nimmt? Wenn ich mir beispielsweise Unmengen von Kleidern anschaffe, da kann doch niemand feststellen, ob es mehr sind, als ich wirklich benötige."

„Wenn du sie nicht anziehst, nicht. Aber dann sind sie ohne Wert, und du ärgerst dich nur darüber, daß du die Schränke damit vollgestopft hast."

Margrit gab sich geschlagen. „Ich habe die Behauptung, daß einmal jeder nach seinen Bedürfnissen leben könne, immer für eine unerreichbare Utopie gehalten. Dabei ist es, wenn man es richtig praktiziert, verblüffend leicht durchzuführen."

„Ganz so einfach ist es nun doch nicht", schaltete sich jetzt Wili ein. „Anfangs gab es schon einige Schwierigkeiten. Aber sie waren ohne Bedeutung, da die Abschaffung des Geldes nach einem wohlüberlegten System der AMA erfolgte. Zunächst wurden die Menschen durch die kostenlose Benutzung von öffentlichen Verkehrsmitteln, Hotels, Wäschereien und anderen Dienstleistungsbetrieben daran gewöhnt, auch das, was sie nicht mehr bezahlen mußten, sinnvoll anzuwenden. Danach wurden die Komgas eingerichtet. Daneben existierten allerdings lange Zeit noch konventionelle Gaststätten, in denen der Gast bezahlen mußte. Und da in den Komgas nur Speisen und Getränke angeboten wurden, die allen Forderungen der modernen Ernährungshygiene entsprachen, besuchten anfänglich viele Leute weiterhin die alten Gaststätten oder kochten sich ihr Essen selber. Wer jedoch kostenlos essen wollte, mußte gesunde Kost zu sich nehmen. Dann wurde die Konfektionskleidung frei. Auch hier wurde zugleich eine erzieherische Aufgabe verfolgt. In diesen Koms war nur solche Kleidung zu erhalten, die den modernen ästhetischen Ansichten entsprach. Wer sich kostenlos kleiden wollte, mußte das also nach der Mode tun und trug somit dazu bei, sie durchzusetzen. Auf diese Weise wurde Schritt für Schritt schließlich der gesamte Lebensunterhalt frei und das Leben selbst zugleich der Vernunft gemäß. Jeder hat gelernt, was wirklich das Vorteilhafteste für ihn ist, und keiner nimmt zuviel oder auch zuwenig, weil er sich sonst vor sich selber lächerlich machen würde."

Margrit Messmer war offensichtlich nachdenklich geworden. „Demnach", sagte sie, „ist das Prinzip, nach welchem jeder seinen Bedürfnissen entsprechend leben soll, nicht allein Endzweck, es ist auch ein wirksames Mittel, um die Menschen in vernünftig handelnde Wesen zu verwandeln."
„Sie haben es erfaßt", sagte Wili anerkennend. „Dieses Prinzip hat eine tiefgreifende Wirkung auf das Verhalten des Menschen. Er wird im vollen Sinne souverän, da jetzt nicht mehr das Geld oder äußere Gründe Maßstab für seine Entscheidung sind, sondern allein seine Vernunft."
„Das ist doch aber absoluter Individualismus?"
„Das entspricht nicht ganz den in Ihren Kreisen verbreiteten Vorstellungen vom Kommunismus, wie?" meinte Wili lachend. „Aber trösten Sie sich, auch bei uns waren einige Leute von dieser Konsequenz überrascht. Das lag daran, daß das Prinzip ‚Jedem nach seinen Bedürfnissen' anfänglich fast ausschließlich in seinem ökonomischen Sinne verstanden wurde. Jochen hat Ihnen aber, wie ich vorhin gehört zu haben glaube, bereits den philosophischen Hintergrund dieses Prinzips erklärt. Ohne die Erkenntnis, daß jeder Mensch zwar anders verlangt, aber für seine Anlagen und Fähigkeiten nicht haftbar zu machen ist, hätte dieses Prinzip gar nicht aufgestellt werden können. Es hatte also einen ungeheuer kühnen humanistischen Gedanken zur Voraussetzung. Er wurde jedoch erst in der Folge allgemein begriffen."
„Ab heute", meinte Margrit, „bin ich jedenfalls fest von der Realisierbarkeit dieses Prinzips überzeugt. Sehen Sie, ich habe mein Essen noch nicht einmal angerührt. Allein das Gespräch darüber, daß jeder nach seinen Bedürfnissen leben soll, hat mich in einem Maße beansprucht, daß ich gar keine Zeit hatte, un-

mäßig zu sein. Hat man seinerzeit bei euch auch mit solchen Tricks gearbeitet?"
Wili grinste. „Auf diesen Trick falle ich nicht herein."

14.

Doktor Matu hatte Howald mit einer Herzlichkeit empfangen, die zu dem gelblichbleichen und auffallend schmalen Gesicht des Gelehrten nicht recht passen wollte. Howald war davon ein wenig merkwürdig berührt, ließ es sich jedoch nicht anmerken. „Leider muß ich Sie noch einmal bemühen", sagte er. „Wir müssen mit der Möglichkeit rechnen, daß bereits innerhalb Mirograds ein Stafettenwechsel stattfindet. Wenn wir nur mit dem Radiopulver arbeiten, können wir aber nicht feststellen, wer der Mann ist."
„Warum nicht?" entgegnete Matu. „Bringen Sie den Oszillographen wieder zurück. Ich stelle ihn auf den Maßstab 1:500 ein, dann können wir die Bewegung der Kapsel auf den Meter genau verfolgen, und ich sage Ihnen, wer auf dem Stuhl sitzt, von dem aus sie ihre Wanderung antritt."
Diese Aussicht enthob Howald aller Sorgen, und er atmete erleichtert auf.
„Wann können Sie das Gerät zurückbringen?" fragte der Gelehrte.
„Ich werde sofort Anweisung geben." Howald blickte auf die Uhr. „Es ist jetzt später Nachmittag. Könnten Sie die neue Einstellung des Oszillographen noch bis heute abend schaffen?"
„Wollen Sie schon heute mit der Beobachtung beginnen?"
„Ja."
„Von diesem Raum aus?"

„Wenn Sie es erlauben?"
„Selbstverständlich. Wenn Sie gestatten, werde ich Ihnen Gesellschaft leisten. Vielleicht kann ich Ihnen nützlich sein."
Howald bedankte sich und zog sein Sprechfunkgerät hervor, um Simin zu bitten, den Oszillographen sogleich zurück nach Mirograd und in Doktor Matus Arbeitszimmer bringen zu lassen.
„Wir wollen uns das Zimmer inzwischen ein wenig herrichten", meinte Matu. „Vermutlich werden wir die ganze Nacht und die Hälfte des morgigen Tages hier zubringen."
Er ließ die Wand zum Nebenraum herabgleiten und holte eine der runden, kuchenblechähnlichen Platten. „Da Sie noch unter der Mondsucht leiden", erklärte er, „sollten Sie sich nicht der Schwerelosigkeit aussetzen. Benutzen Sie lieber einen gewöhnlichen Stuhl."
Howald nickte und nahm im Schreibtischsessel Platz. Matu hingegen ließ sich auf dem Kuchenblech nieder, verschränkte die Beine wie ein Fakir und versetzte sich in eine wiegende Bewegung. Es schien, als schwebe er einige Zentimeter über dem Boden.
„Es ist wie im Schaukelstuhl", erklärte Matu, „nur angenehmer."

Listen lief unruhig wie ein Wild, das den Jäger wittert, in seinem Zimmer umher. Er hatte das unangenehme Gefühl, nicht allein im Raum zu sein, immer wieder fuhr er herum in der Annahme, daß jemand hinter ihm stehe. Über sich selber wütend, suchte er nach einer Erklärung für diese Unruhe, ließ sich endlich resignierend in einen Sessel fallen und starrte vor sich hin. Plötzlich sprang er auf, lief zum Telefon und ließ sich mit dem „Babylon" verbinden. Als sich Hardy meldete, rief Listen in den Apparat: „In mei-

nem Zimmer war eine Frau! Ich habe den deutlichen Geruch von Parfüm in der Nase."
„Sonst keine Spuren?" fragte der Journalist.
„Nein, nichts."
„Haben Sie eine Vermutung?"
„Ja."
„Ich bin in zehn Minuten bei Ihnen, halten Sie bis dahin den Raum geschlossen, damit der Geruch nicht verfliegt."
Zehn Minuten später trat Hardy in Listens Zimmer, zog die Tür schnell hinter sich zu, blieb, ohne ein Wort zu sagen, stehen und zog die Luft prüfend durch die Nase. Dann schüttelte er den Kopf und sah Listen mit einem seltsamen Blick an.
„Ich rieche nichts. Haben Sie sich auch nicht getäuscht? Sie sind in letzter Zeit auffallend nervös. Ich fürchte . . ."
„Aber ich habe es doch deutlich gerochen!" rief Listen aufgebracht. „Und ich rieche es auch jetzt noch. Bestimmt war es die alte Engländerin. Sie ist außer Ihnen der einzige Mensch, der weiß, wo ich wohne. Sicherlich hat sie die Geduld verloren, weiterhin auf die fünfzigtausend Dollar zu warten, und wollte sich überzeugen, ob sie sich hier befinden."
„Die Engländerin?" Hardy war sichtlich nervös geworden. „Wenn wir die alte Dame nicht schnellstens außer Gefecht setzen, kann sie uns noch ernstlich Schwierigkeiten machen."
„Sie meinen . . .?"
„Es bleibt uns keine andere Wahl."

„Sie haben ein ausgezeichnetes Gedächtnis", sagte Simin. „Sie beschreiben die Skizze, als ob Sie sie gründlich studiert hätten. Dabei konnten Sie doch nur einen kurzen Blick darauf werfen."

„Ich hatte ein Nukleinsäurepräparat genommen", erklärte Wili. „Das fördert in erstaunlicher Weise das Erinnerungsvermögen, wenigstens für einige Stunden."
„Wie sind Sie auf dieses Mittel gekommen?"
Wili lächelte. „Ich habe es früher ab und zu von Berufs wegen benutzt; ein Kellner muß ein besonders gutes Gedächtnis haben. Später kam ich dann ohne dieses Mittel aus. Wahrscheinlich hätte ich auch die Skizze ohne die Hilfe des Präparats im Kopf behalten; ich habe es nur der Sicherheit halber genommen."
„Ob mit oder ohne, jedenfalls haben Sie uns einen großen Dienst erwiesen. Wir wissen jetzt, wie die Dinge ablaufen sollen. Bleibt nur noch ein Punkt im dunkeln."
„Margrit Messmer?"
„Welchen Eindruck haben Sie von dieser Frau?" fragte Simin. „Sie haben sie doch jetzt näher kennengelernt."
„In jedem Falle ist sie eine erstaunliche Frau!" rief Wili mit verdächtigem Eifer.
Simin zwinkerte belustigt mit den Augen. „In jedem Falle! Sie halten also mehrere für möglich? Bisher schienen Sie doch davon überzeugt zu sein, daß sie auf der anderen Seite steht."
„Weil alles, was sie tut, genau in dieses Bild paßt. Es paßt aber auch, wie ich jetzt festgestellt habe, genausogut in das Gegenbild. Und in jedem Falle müßte man ihr bescheinigen, daß sie mit außergewöhnlicher Raffinesse vorgeht."
„Da irren Sie sich aber sehr. Für den Fall, daß sie auf der anderen Seite steht, hätte sie nämlich einen großen Fehler gemacht."
„Das verstehe ich nicht."

„Wir können ihre Raffinesse doch nur bewundern, weil wir sie durchschaut haben. Was nützt sie ihr dann aber noch uns gegenüber? Nichts! Und wer hat uns in die Lage versetzt, sie zu durchschauen? Margrit Messmer selber, da sie sich uns gegenüber in keiner Weise abgeschirmt hat."
Wili war im höchsten Grade verblüfft. „Merkwürdig, daß mir das nicht sofort aufgefallen ist."

Der Oszillograph war eingetroffen und von Matu auf den Maßstab 1:500 eingestellt worden. Howald hatte indessen von Simin Kenntnis über die von Margrit Messmer in Listens Zimmer gefundene Skizze erhalten.
„Kennen Sie die Außenstation, wo B das Material an C übergeben soll?" fragte er jetzt Doktor Matu.
Der Gelehrte saß wieder auf seinem Kuchenblech und schaukelte hin und her. Er hielt die Augen geschlossen, und sein Gesicht hatte den Ausdruck heiterer Verklärung angenommen.
Dann machte er die Augen auf und sagte: „Soviel ich weiß, soll die Station von uns wieder in Betrieb genommen werden."
„Seit wann ist das geplant?"
„Oh, schon seit längerer Zeit, mindestens seit einem halben Jahr."
„Und wann ist mit der Wiederinbetriebnahme zu rechnen?"
„Es kann sein, daß schon morgen die ersten Geräte und Ausrüstungen hingebracht werden."
„Das würde den Leuten einen dicken Strich durch die Rechnung machen. Sicherlich haben sie darauf gebaut, daß die Station bis zum Abschluß ihres Unternehmens unbenutzt bleibt."
„Es kann aber auch umgekehrt sein", sagte Matu und

schloß die Augen, um wieder hin und her zu schaukeln.
„Umgekehrt?" Howald begriff nicht gleich. Als er aber begriffen hatte, sprang er aus dem Sessel und lief mit großen Schritten im Zimmer umher. „Sie meinen, die Leute haben davon erfahren, daß morgen jemand zur Außenstation fährt, um die ersten Ausrüstungsgegenstände hinzubringen! A soll die Kapsel mit der Kopie in einem der Geräte verbergen; sobald B sie ohne sein Wissen zur Station gebracht und diese wieder verlassen hat, soll C sie an sich nehmen und an D weitergeben?"
„So könnte es geplant sein", sagte Matu, ohne die Augen zu öffnen.
„In dem Falle bliebe nur die Frage offen, wann A die Kapsel in einem der Geräte verbirgt."
Howald blickte auf den Schirm des Oszillographen. Dort waren nach wie vor nur zwei rot leuchtende Punkte zu sehen; der eine stammte von den Kapseln in Matus Schreibtisch, der andere von den Kapseln im Lager. Howald setzte sich wieder in den Schreibtischsessel, stützte den Kopf in die Hände und richtete die Augen auf den Schirm.
Nachdem beide lange Zeit geschwiegen hatten, nahm Howald wieder das Wort.
„Wenn wir A nicht nur identifizieren, sondern auch überführen wollen, müssen wir ihn mit der Kapsel in der Hand stellen, und zwar in dem Augenblick, wo er sie in einem der für die Außenstation bestimmten Geräte versteckt. Wir nehmen ihn fest, legen aber die Kapsel in das Versteck zurück; sie nimmt ihren Weg, als ob nichts geschehen wäre."
„Da haben Sie recht", bestätigte Matu.

15.

Lunastadt glich einem aufgestörten Ameisenhaufen. Callingtons in den nächsten Stunden zu erwartende Ankunft hatte alles, was laufen konnte, auf die Beine gebracht, denn das inzwischen allen zu Ohren gekommene Gerücht, daß es bei dem Skaphandersprung nicht mit rechten Dingen zugegangen sein solle, hatte die Popularität des Mannes ungeheuer gesteigert. Es schien, als ob die Leute gerade darin die besondere Sensation erblickten. Jedenfalls hoffte jeder darauf, daß der Schwindel, wenn überhaupt, dann natürlich in Lunastadt zum Platzen kommen würde. Also waren alle auf den Beinen, unter ihnen auch Simin. Aber er allein hatte es in der Hand, ob die erhoffte Sensation Wirklichkeit wurde. Zu diesem Zweck hatte er sich rechtzeitig zum Raketenhafen begeben, um, wenn möglich, unter den mit Callington ankommenden Reportern einen zu finden, der den Skaphandersprung seinerzeit selbst beobachtet hatte, denn Simin wollte sich noch über einige Punkte Gewißheit verschaffen. Dazu benötigte er jedoch einen Augenzeugen, der eine geschulte Beobachtungsgabe besaß.

Simin hatte einige Mühe, sich durch die den Raketenhafen umlagernde Menge zu drängeln, um an einen günstigen Standort zu gelangen. Als er es endlich geschafft hatte, schob er seinen von der Rempelei etwas in Unordnung geratenen Raumanzug wieder zurecht und faßte sich in Geduld; eine Verspätung war hier nichts Ungewöhnliches. Die Leute machten es sich denn auch alsbald bequem. Die meisten hockten sich nieder, einige legten sich sogar der Länge nach hin, schoben die Hände unter den Schutzhelm und blickten in die Schwärze des unendlichen Raumes. Auch Simin

hockte sich nieder; er blickte jedoch nicht ins Schwarze und noch weniger in die Sonne, deren grelles Licht ihm trotz der mit einem Filter versehenen Sichtscheibe unerträglich erschien. Vielmehr heftete er seine Augen auf die wie üblich auf dem Horizont sitzende Erde, deren Anblick ihn immer wieder faszinierte. In einem wunderbar milden Blau freundlich zum Mond herafleuchtend, hatte sie für Simin stets etwas Anheimelndes an sich. Daraus erklärte es sich wohl auch, daß er, wie übrigens die meisten anderen Bewohner des Mondes auch, von der Erde ‚da unten' sprach, obwohl sie doch, vom Mond aus gesehen, über ihm stand. Von der Erde ‚da oben' zu sprechen hätte sie aus dem vertrauten Verhältnis gerissen, an das man sich nun einmal in seinen Erdentagen gewöhnt hatte.
Die Menge geriet in Unruhe, alle sprangen auf und schauten in die Schwärze des Weltraums. Simin versicherte sich noch einmal der Tatsache, daß er von seinem Standort aus ohne Schwierigkeit an die Reporter herankommen konnte, und gab sich dann ebenfalls dem Schauspiel hin, das ein wie ein Komet aus der Nacht des unendlichen Alls auftauchendes Raumschiff dem menschlichen Auge bot. Aus einem wie ein ferner Stern leuchtenden kleinen Punkt wurde allmählich eine kleine Kugel, die immer schneller an Größe gewann, ohne daß sie jedoch näher zu kommen schien. Erst wenn das Schiff seinen direkten Kurs auf den Mond in eine Umlaufbahn verändert, wird seine Bewegung deutlich erkennbar. Eben dieses Manöver führte das Raumschiff, das Callington nach Lunastadt brachte, jetzt aus. Simin blickte auf die Uhr und stellte eine Verspätung von beinahe einer Stunde fest, denn in diesem Augenblick hätte das Schiff bereits landen müssen, während es in der Tat noch eine

volle Umkreisung um den Mond zu absolvieren hatte. Die Menge ließ sich denn auch wieder auf den Boden nieder, um teils sitzend, teils liegend die Mondumfahrt des Raumschiffes abzuwarten. Als es endlich soweit war, als die Rakete wieder auftauchte und in der gewohnten Präzision auf dem Hafengelände aufsetzte, blieben alle ungerührt sitzen oder liegen, denn keiner von ihnen durfte das Hafengelände betreten; allein das Stadtoberhaupt von Lunastadt trat mit einer kleinen Abordnung aus dem Hafengebäude und eilte über das Landefeld auf das Schiff zu, um den Gast mit einigen wohlabgewogenen, will heißen zurückhaltenden Worten zu begrüßen. Danach begaben sich Gäste und Abordnung in das Hafenbüro, um die nötigen Formalitäten zu erledigen. Jetzt kam die Menge allmählich wieder in Bewegung. Und als sich die Tür des Hafenbüros öffnete und, allen voran, Callington heraustrat, stürmte alles auf ihn zu und umgab ihn samt seiner Begleitung wie eine undurchdringliche Mauer. Callington winkte der Menge mit großer Geste zu und ließ es geschehen, daß ihn einige auf ihre Schultern hoben und im Kreise herumtrugen. Callington winkte wieder, diesmal mit beiden Armen. Und auch die Menge winkte, die meisten ebenfalls mit beiden Armen. Da all das jedoch unter freiem Himmel, also hier auf dem Mond ohne die für eine Akustik nötige Atmosphäre vonstatten ging, war von dem ganzen Trubel nicht der geringste Laut zu hören. Wer neu auf dem Mond war und diese Erscheinung zum erstenmal erlebte, kam sich wie in einer Geisterwelt vor, in der er und alle anderen wie durch einen Zauber ihrer Stimme beraubt worden waren. Auch Callington schien jetzt von diesem Gefühl ergriffen zu sein; er winkte noch einmal ohne rechte Überzeugung, ließ dann die Arme sinken und hockte reichlich ratlos auf den Schultern der Männer. Als es weiterhin still blieb, hob er dennoch die Arme wieder hoch, konnte sich aber nicht entschließen zu winken. Die Menge brach in ein Gelächter aus, das Callington wohl sehen, aber nicht hören konnte, worüber er vollends in Verlegenheit geriet und hilfesuchend um sich blickte.

Als man sich endlich seiner erbarmte und ihn zu Boden setzte, wurde er sogleich von seinen Begleitern gefaßt und durch die Menge hindurch zu dem bereitstehenden Fahrzeug geleitet, in dem er sich wie ein verängstigtes Hündchen verkroch.

Simin hatte Callingtons Verhalten aufmerksam beobachtet, dabei aber nicht versäumt, nach den Reportern Ausschau zu halten. Im gleichen Augenblick, als Callington seinen Auftritt beendete, machte Simin sich an einen der Reporter heran und brachte sein Anliegen vor. Der Mann verwies ihn an einen seiner Kollegen, der sich auch bereit zeigte, Simin behilflich zu sein.

Simin führte ihn aus der Menge heraus und zum Hafenbüro. Dort bat er einen ihm bekannten Angestellten um einen Raum, in dem man einige Minuten ungestört sein könne.

„Ich unterhalte mich nicht gern über Sprechfunk", erklärte er dem Reporter, sobald sie in den zur Verfügung gestellten Raum eingetreten waren. „Ich hoffe, Ihnen geht es nicht anders."

„Ich bin nur selten darauf angewiesen", entgegnete der Reporter, der wie Simin den Helm des Schutzanzuges abgenommen hatte und sich jetzt in einen der Sessel setzte. „Für mich ist es eher eine Abwechslung als eine Behinderung."

„Jedenfalls mindert es die natürliche Beziehung zwischen den Menschen", meinte Simin. „Mit dem Telefon geht es mir ebenso. Wenn ich den Gesprächspartner nicht in natura vor mir habe, bin ich mir nie ganz sicher, ob ich ihn richtig verstehe. Irgend etwas fällt immer weg, wenn die Technik in den Kontakt zwischen den Menschen eingeschaltet wird."

„Andererseits wären ohne sie manche Kontakte gar nicht möglich. Ich nehme aber an, Sie wollten sich nicht darüber mit mir unterhalten."

„Doch, doch", versicherte Simin.

Der Reporter brach in Gelächter aus. „Ich finde das wirklich grotesk! Da fliegt man einige hunderttausend Kilometer durch den interplanetaren Raum, und das erste, wonach man nach der Landung gefragt wird, ist, ob man das Telefon mag."

„Oder den Sprechfunk", ergänzte Simin lächelnd. „Ich möchte mir nämlich Gewißheit verschaffen, ob ich in Ihnen einen Mann vor mir habe, der seine eigenen Sinnesorgane vollständig zu benutzen versteht und sich nichts vormachen läßt."

„In dieser Hinsicht kann ich Sie beruhigen; schließlich war ich der einzige unter den Zeitungsleuten, der die Seriosität von Callingtons Unternehmen angezweifelt hat."

„Was hatte Sie dazu veranlaßt?"

„Die Tatsache, daß die Firma Douglas kaum die wissenschaftlichen Voraussetzungen, keinesfalls aber die technischen zur Verfügung hatte."

„Sind Sie sich dessen sicher?"

„Absolut. Bevor ich über die Wirklichkeit eines Ereignisses berichte, informiere ich mich stets über seine Möglichkeit. Das ist mein Arbeitsprinzip. Es setzt mich in die Lage, der Wirklichkeit mit mehr Verständnis gegenüberzutreten; vor allem aber kann ich beurteilen, ob sie ihren Möglichkeiten gerecht geworden ist."

„Ein ausgezeichnetes Prinzip; demnach waren Sie schon vor dem Skaphandersprung davon überzeugt, daß er unmöglich ist."

„Ja."

„Und haben ihn deshalb besonders kritisch beobachtet?"

„Gewiß."

„Und haben trotzdem nicht herausfinden können, auf welche Weise etwas wirklich geschehen konnte, das gar nicht möglich ist?"

„Nein. Zunächst erschien mir der Umstand verdächtig, daß Callington nicht an der vorgesehenen Stelle herunterkam. Bis man ihn fand, war einige Zeit verstrichen."

„Sie nahmen an, er habe inzwischen einen Bremsfallschirm oder dergleichen beiseite gebracht?"

„Ich habe danach gesucht; das Gelände ist in dieser Gegend jedoch völlig kahl. Es ist absolut ausgeschlossen, dort solch ein umfangreiches Gerät zu verstekken; auch getarnte Gruben oder dergleichen waren nicht zu finden. Und um weiter entfernt etwas zu verstecken, hatte er nicht die Zeit; ich habe genaue Berechnungen angestellt."

„Haben Sie sich damit zufriedengegeben?"

„Natürlich nicht. Meine Versuche, aus Angehörigen des Werkes etwas herauszulocken, schlugen jedoch mit schöner Regelmäßigkeit fehl. Da habe ich mich schließlich Callington selbst an die Fersen geheftet und ihn auf seiner bisherigen Tournee nicht aus den Augen gelassen. Das war allerdings nicht einfach, da er von ungewöhnlich cleveren Leuten abgeschirmt wird. Merkwürdigerweise befinden sich darunter drei Mediziner. Zwei von ihnen sind Nervenärzte. Ich mußte einige nicht ganz saubere Mittel anwenden, um das herauszubekommen."

„Und was weiter?" fragte Simin mit steigendem Interesse.

„Ich habe, sobald ich das erfahren hatte, das psychische Verhalten Callingtons genau verfolgt und es, um die verschiedenen Ausschläge nach der einen oder der anderen Seite exakt festzuhalten, in einer Art Sinuskurve aufgezeichnet."

Simin blickte den Reporter mit unverhohlener Sympathie an.

„Sie scheinen wirklich ein Mann zu sein, der sich darauf versteht, einer Sache auf den Grund zu gehen."

„Ich kann es nicht ausstehen, wenn man mir etwas vorzumachen versucht."

„In jeder Hinsicht?"

„Selbstverständlich."

„Was halten Sie von Arthur Douglas selbst? Versucht er auch, was seine eigene Person betrifft, anderen etwas vorzumachen?"

„Sie spielen auf seine Unterstützung der Volksbewegung an?" – „Ja."

„Da hat er sich vermutlich selber etwas vorgemacht. Sicherlich war er fest davon überzeugt, daß der unerwartete starke Linksruck nur eine vorübergehende Reaktion auf die rechtsextremistischen Exzesse wäre, wonach eine gemäßigte Mitte die Oberhand gewinnen würde. Und als er das als eine Illusion erkannte, schickte er Callington in den Himmel, um zu retten, was zu retten war, nämlich ein ungeheures Privatvermögen, das er für seinen jetzt beträchtlich im Wert gestiegenen Betrieb erhält. Es sei denn, er irrt sich auch dieses Mal."

„Womit wir wieder bei unserem nervösen Helden angelangt wären. Bezeichnen Sie mir doch bitte einmal die wesentlichen Merkmale der Sinuskurve seines psychischen Verhaltens."

„Das ist mit wenigen Worten getan", erklärte der Reporter. „Die ersten Tage zeigte sich Callington etwas unsicher, kaum merklich zwar, aber doch nicht zu übersehen, wenn man sein Verhalten in den folgenden Tagen zum Vergleich heranzieht. Da gewann er nämlich schnell an Sicherheit, wurde sogar ziemlich großsprecherisch und selbstgefällig. Die dritte Periode – sie dauerte merkwürdigerweise nur einen Tag – war die erstaunlichste. Callington schien völlig selbstvergessen zu sein, als ob er in einem glücklichen Traum lebte. Sein Auftreten an diesem Tag wirkte absolut sicher, traumhaft sicher. Die folgenden Tage schließlich zeigten das ganze Gegenteil. Er war unsicherer als je zuvor und sichtlich nervös, ja sogar schreckhaft, wurde von einem Augenblick zum anderen wieder großsprecherisch, ohne allerdings seine Unsicherheit zu verlieren. Nur ab und zu, sozusagen für Sekunden, schien er den Zustand der traumhaften Selbstvergessenheit zurückzugewinnen, um gleich darauf in eine noch deutlichere Unsicherheit zu verfallen, die mehr und mehr die Form psychischer Erschöpfung annahm. Ich habe den Eindruck, daß Callington in letzter Zeit nur noch mit Hilfe von Drogen aktionsfähig gehalten wird."
Simin hatte sich, ganz gegen seine Gewohnheit, fleißig Notizen gemacht. Jetzt klappte er sein Büchlein mit zufriedener Miene zu. „Diese Sinuskurve muß mir irgendwann schon einmal begegnet sein. Wahrscheinlich in einem gerichtsmedizinischen Gutachten, das die Unzurechnungsfähigkeit irgendeines Verbrechers erweisen sollte. Der Fall muß schon eine Ewigkeit zurückliegen, sonst könnte ich mich genauer erinnern."
„Sie meinen, Callington sei unzurechnungsfähig?"
„Nein, jedenfalls ist er es bis jetzt noch nicht. In Ihrer

Sinuskurve liegt die Lösung eines anderen Rätsels verborgen, die Erklärung des unmöglichen Skaphandersprungs. Dessen bin ich sicher."

16.

Jochen Rockhaus war davon überzeugt, daß Margrit nicht die Hände in den Schoß legen und abwarten würde, bis Hardy ihr, wie auf der Skizze angegeben, das aus Mirograd stammende Material übergäbe. Sicherlich hatte sie das nur gesagt, um Wili und ihn zu beruhigen, während sie in Wirklichkeit etwas vorhatte, das noch riskanter war als das heimliche Eindringen in Listens Zimmer. Als er bei Margrit anrief und sich niemand meldete, war er dessen gewiß. Und er glaubte auch zu wissen, wo er sie finden würde.

Ohne zu zögern, eilte er zur Hotelgarderobe, ließ sich seinen Raumanzug aushändigen und stürzte auf die Straße, um den nächsten Linienzug noch zu erreichen. Er wußte, daß er, wenn er es schaffte, bereits in zwanzig Minuten am Krater IV sein würde. Von dort mußte er allerdings noch eine gute Stunde zu Fuß gehen.

Der Oszillograph schien endlich ein Einsehen zu haben. Als Howald von einem der beiden roten Punkte, nämlich dem, der von den Kapseln im Lager stammte, einen kleineren sich lösen und davonwandern sah, glaubte er zunächst, daß ihm seine vom stundenlangen Hinstarren überanstrengten Augen einen Streich spielten, und er schloß einen Augenblick die Lider. Als er wieder auf den Schirm sah, wanderte jedoch der kleine Punkt noch immer darüber hin, jetzt allerdings schon einen Zentimeter weiter von seinem Ausgangspunkt entfernt.

„Hallo, Doktor!" rief Howald. „Wenn mich meine Augen nicht trügen, dann hat sich unser Herr A soeben eine Kapsel aus dem Lager geholt."

Doktor Matu wandte sich zum Oszillographen. „Sie scheinen ein Hellseher zu sein."

„Wieso?" fragte Howald völlig verständnislos.

„Weil Sie an dem winzigen Punkt das Geschlecht von A erkennen können. Es könnte doch ebensogut eine Frau sein; ich halte das sogar für wahrscheinlicher."

„Und weshalb?" – „Um diese Stunde arbeiten fast ausschließlich Laboranten im Werk, und von denen sind die meisten Frauen."

„Und wohin geht die ‚wahrscheinliche' Frau in diesem Moment?"

„Zum Labor 4", sagte Doktor Matu merkwürdig zögernd.

„Und wer arbeitet dort?"

„Das ist es ja", sagte Matu, „zur Zeit arbeitet dort niemand. Es sei denn . . ."

„Was ist mit Ihnen?" rief Howald besorgt. „Sie verfärben sich ja, als ob Sie vergiftet wären!"

„Es handelt sich um etwas viel Schlimmeres", sagte der Gelehrte mit mühsam beherrschter Stimme. „Ein Mensch, dem ich wie mir selbst vertraut habe, ist nichts als ein gewöhnlicher Dieb."

„Vielleicht irren Sie sich?"

„Das ist ausgeschlossen; er ist der einzige, der hin und wieder das Labor 4 benutzt."

Howald beobachtete wieder den Punkt auf dem Oszillographen. Im Augenblick verharrte er unbeweglich, bald darauf beschrieb er einen kleinen Bogen und eilte dann in gerader Linie zur linken unteren Ecke des Schirms.

„Dort befindet sich der Fuhrpark", erklärte Matu. „Ich glaube, es ist an der Zeit, unsere Pflicht zu tun."
Er stand auf und ging Howald voraus. Um nicht vorzeitig entdeckt zu werden, wählte Matu den Weg um eine langgestreckte Baracke herum. Von dort aus gelangten sie an einen Nebeneingang des Fuhrparks. Matu führte Howald geschickt zwischen den nahe beieinander abgestellten Wagen hindurch. Als sie sich den am Haupttor zur Abfahrt bereitgestellten Fahrzeugen näherten, schlichen sie gebückt weiter. Nach einigen Schritten lugte Howald vorsichtig um den Wagen herum, hinter dem er sich verborgen hielt. Nur wenige Meter entfernt bemerkte er einen Mann, der sich an dem der Tür am nächsten stehenden Fahrzeug zu schaffen machte. Howald gab Matu ein Zeichen und sprang mit einem einzigen Satz zu dem Mann hinüber, der blitzschnell herumfuhr und zum Schlag ausholte. Als er jedoch hinter Howald den Gelehrten auftauchen sah, ließ er den Arm schnell wieder sinken.
„Oh, Sie sind es? Ich dachte schon ..."
„Sie dachten schon richtig. Dieser Herr" – Matu wies auf Howald – „interessiert sich nämlich für den Gegenstand, den Sie soeben in diesem Behälter versteckt haben."
Howald war schon dabei, den länglichen Kasten, in dem Teile eines Atmosphärostats verpackt waren, zu untersuchen. Er hatte nicht viel Mühe, die kleine schwarze Kapsel zu finden.
„Da hätten wir ja alles beisammen", meinte er. „Fehlt mir nur noch Ihr Name."
„Es ist Doktor Ellis", sagte Matu, „der Leiter unserer Koordinationsabteilung."
Howald verbarg die Kapsel wieder in dem länglichen Kasten. Doktor Ellis beobachtete Howald mit ver-

ständnislosem Gesicht. Als er jedoch dessen Absicht begriff, spannte sich sein Körper zum Sprung.
„Werden Sie am Ende nicht noch kindisch", sagte Howald mit einem friedfertigen Lächeln. „Eine Flucht ist auf dem Mond ein Unding, und vom Mond herunter erst recht."
Ellis' Körper erschlaffte. „Ich bin erpreßt worden."
„Also haben Sie noch mehr auf dem Kerbholz."
„Es liegt schon Jahre zurück", erklärte Ellis. „Und es war nur ein geringfügiges Vergehen."
„Da es groß genug war, um Sie damit erpressen zu können, interessiert es uns trotzdem. Allerdings nicht im Augenblick."

Man müßte ein paar künstliche Wölkchen an den Himmel hängen, dachte Simin, als er aus dem Institut für experimentelle Medizin trat. Das würde nicht nur einen heimatlicheren Anblick machen, sondern vor allem der Sonne ihren grellen Schein nehmen. „Alle Wetter!" rief er und blieb, von seiner eigenen Idee überwältigt, stehen. Das wäre die ideale Lösung: aus genau berechneten Bestandteilen zusammengesetzt, könnte solch eine Wolke das Sonnenlicht mitsamt der Temperatur für ganz Lunastadt erträglich machen; und wenn man sie hoch genug hängte, brauchte sie nicht einmal sehr groß zu sein. Das wäre nicht nur viel einfacher, sondern auch bedeutend weniger kostspielig als die jetzigen Verfahren. Möchte bloß wissen, wieso noch keiner darauf gekommen ist? Simin stellte seine Sprechfunkanlage ein. „Hallo, Howald?"
„Ja?"
„Was halten Sie davon, wenn wir statt uns der Sonne eine Sonnenbrille aufsetzen? Eine Sonnenbrille für alle, sozusagen. Das ist doch viel einfacher."
„Wir haben A gefaßt", sagte Howald, der in Matus

Schreibtischsessel saß und für Sonnenbrillen im Augenblick kein Verständnis hatte. „Es ist Doktor Ellis."

„Meinethalben!" rief Simin, der noch immer vor dem Institut für experimentelle Medizin stand, mitten auf der Straße und vor Aufregung zappelnd. Er kümmerte sich nicht darum, daß die Vorübergehenden ihn verwundert musterten und einen vorsichtigen Bogen um ihn machten. „Meinethalben! Was bedeutet das gegen die Idee, der Sonne selbst eine Brille aufzusetzen, ihr eine Mattscheibe vor die Nase zu hängen!"

„Sie denken", meinte Howald, der allmählich die Bedeutung von Simins Idee begriff, „an eine Art Halbschatten?"

„Der zugleich eine Art Ofenschirm ist", ergänzte Simin und zappelte noch aufgeregter. „Es müßte doch möglich sein, eine Wolke herzustellen, die genau das abfängt, was zuviel des Guten ist."

Howald blickte zu Doktor Matu hinüber, der auf seinem „Kuchenblech" saß und das Gespräch mit steigendem Interesse verfolgte. „Umwerfend einfach und ohne weiteres zu verwirklichen!" sagte er und sprang auf. Im nächsten Augenblick schwebte er unter der Decke; er hatte vergessen, wo er sich befand, so sehr war er von Simins Idee ergriffen. „Es ist der Gedanke der Umkehrung, der die einfachen Lösungen bringt", sagte er jetzt von oben herab. „Statt uns auf die Sonne einzustellen, muß man die Sonne auf uns einstellen."

„Doktor Matu meint, das ginge zu machen", sagte Howald zu Simin.

„Das dachte ich mir. – Doktor Ellis, sagen Sie, heißt der Mann?"

„Doktor Matu", entgegnete Howald, der Simins Gedankensprung nicht gefolgt war.

„Ich meine doch unseren Herrn A", erklärte Simin. „Wo befindet er sich?"

„Er sitzt im Nebenzimmer; Doktor Matu hat ihm ein Paar Schuhe angezogen, deren Sohlen wie festgenagelt am Boden haften, vielmehr auf so was wie einem umgekehrten Kuchenblech."

„Worauf bitte?"

„Es handelt sich, wenn ich recht verstanden habe, um einen Effekt multiplizierter Schwerkraft."

„Ein netter Effekt", meinte Simin, „aber passen Sie auf, daß der Mann nicht die Schnürsenkel aufmacht und aus den Wunderstiefeln herausspringt."

„Wir haben drei Knoten übereinander gemacht, die bekommt er mit bloßen Fingern nicht auf."

„Na schön. Ist sonst noch was?"

„Ja, wir haben den Oszillographen wieder auf den Maßstab 1:10 000 eingestellt. Das Fahrzeug mit der Kapsel ist vor fünf Minuten abgefahren, es bewegt sich in Richtung Außenstation. Ein zweites Pünktchen bewegt sich vom ‚Babylon' aus in Richtung Süden und befindet sich im Moment an der Stadtgrenze, etwa in Höhe des Kraters IV. Das müßte Rockhaus sein, dem Abaschwili das Radiopulver zugesteckt hat."

„Und das sagen Sie mir erst jetzt!" rief Simin aufgebracht.

„Mit Ihrer Sonnenbrille oder Ihrem Ofenschirm haben Sie mich ganz aus der Reihe gebracht", entschuldigte sich Howald.

„Ich nehme mir einen Wagen und folge Rockhaus", erklärte Simin. „Ich muß ihn einholen, bevor er die Außenstation erreicht, sonst geschieht womöglich ein Unglück. Halten Sie mich über seine Bewegungen auf dem laufenden."

Jochen Rockhaus hatte Margrit Messmer in ihrem Zimmer nicht erreichen können, da sie sich in dem Moment, als er dort anrief, gerade auf dem Wege zu ihm befand. Als sie ihn nicht antraf, erriet sie, was geschehen war. Ohne sich lange zu besinnen, eilte sie zum Lift, fuhr nach unten, besorgte sich einen Raumanzug und lief auf die Straße. Dort sprang sie auf einen eben anfahrenden Straßenzug, stieg an der zweiten Station um und langte nach acht Minuten am Bahnhof an. Der Linienzug in Richtung Süden war jedoch soeben abgefahren, und der nächste fuhr erst in zwölf Minuten. Margrit lief in das Bahnhofsbüro und bat darum, mit der Station Krater IV telefonieren zu dürfen.

„Bitte", sagte einer der Angestellten, „vielleicht kriegen Sie die Anlage wieder in Ordnung."

„Wie, sie funktioniert nicht?"

„Nein, seit ein paar Minuten ist irgendwas nicht in Ordnung."

„Aber Sie haben doch eine Fernsprechfunkanlage", rief Margrit. „Darf ich damit . . ."

„Nein, das dürfen Sie nicht", erklärte der Angestellte. „Die Funkgeräte dürfen nur vom Personal benutzt werden."

Margrit rang die Hände. „Es kann lebenswichtig sein."

Der Angestellte schien nun doch ein Einsehen zu haben. Er nahm das Gerät zur Hand. „Welchen Text soll ich durchgeben?"

„An Jochen Rockhaus. Bleib auf Station Krater IV! Ich komme mit dem nächsten Zug. Margrit." Sie überlegte einen Augenblick. „Kann man das dort ausrufen?"

Der Angestellte nickte, dann gab er den Text durch. Margrit atmete erleichtert auf, bedankte sich und verließ das Büro, um in der Halle auf den nächsten Zug zu warten.

Simin steuerte das Fahrzeug mit halsbrecherischer Geschwindigkeit die Ausfallstraße Süd entlang. Er hatte kaum eine Chance, Jochen Rockhaus noch vor der Außenstation einzuholen, aber er wollte nichts unversucht lassen. Wenn B das Material ohne sein Wissen zur Station brachte, würde Listen sicherlich nicht zur gleichen Zeit dort sein, sondern einige Zeit später kommen, um nicht mit B zusammenzutreffen. Der Wagen aus Mirograd fuhr jedoch nach Howalds letzter Meldung sehr langsam, er würde frühestens eine halbe Stunde nach Simin an der Außenstation anlangen. Von dieser Seite drohte Jochen Rockhaus also keine Gefahr. Blieb noch der Mann, der Olsen entführt hatte. Oder war Olsen von sich aus von der Bildfläche verschwunden?

Simin passierte jetzt den Krater IV; etwa fünfhundert Meter dahinter verließ er die Ausfallstraße Süd und bog in eine der sogenannten Netzstraßen ein, die nur leicht befestigt waren und sich, da sie der Oberflächenform des Mondes folgten, häufig in sehr zeitraubenden Windungen und Umwegen durch das Gelände schlängelten. Als Simin das Gebiet der Krätze erreichte, überlegte er, ob er aussteigen und die kurze Strecke zu Fuß zurücklegen oder, der Netzstraße folgend, um das Kratergebiet herumfahren sollte. Da das eine wie das andere etwa auf das gleiche hinauslief, entschied er sich für den Wagen. Simin fuhr wieder an und richtete sein Augenmerk auf die Straße, die sich hier kaum von ihrer Umgebung unterschied. Wenn man jedoch von ihr abkam, konnte es einem passieren, daß man unversehens festsaß. Vor allem, wenn man mit der Sonne im Rücken fuhr, waren Hindernisse nur schwer auszumachen, da der warnende

Schatten hinter ihnen lag und nicht zu sehen war. Hinzu kam das grelle Licht, das dem menschlichen Auge die seltsamsten Streiche spielte. Und schließlich warf der eigene Wagen einen Schatten voraus, in dessen Bereich nichts zu erkennen war, da es infolge der fehlenden Atmosphäre auf dem Mond keine Streuung des Lichts gab. Simin war gezwungen, am hellichten Tage die Scheinwerfer einzuschalten und die Geschwindigkeit zu drosseln. Er fluchte wieder einmal, diesmal aber im stillen, über den grellen Schein der Sonne, an den er sich niemals gewöhnen würde. Erst als ihm die Wolke einfiel, die, wie Doktor Matu versichert hatte, ohne weiteres an den Himmel gehängt werden konnte, beruhigte er sich einigermaßen.

Bevor der Zug in der Station Krater IV einlief, legte Margrit Messmer den Raumanzug an, um später keine Zeit damit zu verlieren. Sobald der Zug hielt, eilte sie in die Bahnhofshalle und schaute sich nach Jochen um; sie konnte ihn jedoch nirgends entdecken. Ohne lange zu überlegen, trat sie in das Büro ein, um sich dort zu erkundigen. Als sie einen der Angestellten ansprach, deutete der stumm auf ihren Schutzhelm. Im gleichen Augenblick begriff sie, weshalb Jochen nicht auf sie gewartet hatte. Auch er hatte, um keine Zeit zu verlieren, den Schutzanzug schon im Zug angelegt und deshalb die Durchsage nicht hören können. Da die Anzüge für die Benutzung im Freien gedacht sind, wo ohnehin kein Laut zu hören ist und die Verständigung allein mittels Sprechfunk stattfindet, wäre es ein unnötiger Aufwand, sie lautdurchlässig zu machen.
Margrit nahm den Schutzhelm ab. „Haben Sie die Durchsage für Herrn Rockhaus ausgerufen?" Der Anstellte bestätigte es. „Ist er nicht in der Halle?"

„Nein, wahrscheinlich hatte er wie ich bereits den Raumanzug an und hat die Durchsage nicht hören können."
„Das wäre eine Erklärung."
Margrit stülpte sich den Helm wieder über und stürzte aus dem Stationsgebäude. Jochen hatte einen Vorsprung von zwölf Minuten. Selbst wenn sie das Letzte aus sich herausholte, würde er die Außenstation vor ihr erreichen, denn auch er glaubte, keine Sekunde Zeit verlieren zu dürfen.

17.

Die Krätze schien kein Ende nehmen zu wollen, und Jochen befürchtete schon, sich verirrt zu haben. Das war jedoch ausgeschlossen, denn er hatte sich ununterbrochen nach dem Stand der Sonne und der Erde orientiert. Darüber beruhigt, hastete er weiter und erreichte endlich den Rand des Kratergebiets. Er verharrte einen Augenblick, um ein wenig zu verschnaufen, und lief dann mit großen Sprüngen über die Ebene zur Station. Als er vor dem Gebäude stand, beschlich ihn ein Gefühl grenzenloser Einsamkeit. Kein Mensch war weit und breit zu sehen, und die Station selbst machte, obwohl doch auf dem Mond keine irdischen Verwitterungserscheinungen auftreten, den Eindruck, als ob sie seit Jahrtausenden unbenutzt stünde. Es war der Mangel allen Lebens, selbst des primitivsten pflanzlichen Lebens, der alles wie seit Ewigkeiten tot erscheinen ließ. Und das Fehlen jeder natürlichen Bewegung, jeden Lautes, die absolute Stille machte das Gefühl der Einsamkeit unerträglich.
Jochen ermannte sich endlich, trat zur Tür und stieß

sie auf. Entsetzt fuhr er zurück. Im gleichen Augenblick ergoß sich eine dunkle Flüssigkeit über die Sichtscheibe seines Schutzhelmes, eine kräftige Hand faßte ihn hart am Arm und riß ihn in den Raum. Jochen fuhr mit der freien Hand über die Sichtscheibe, doch die Flüssigkeit ließ sich nicht abwischen. Finsterste Nacht umgab ihn. Zugleich stellte er fest, daß sein Sprechfunkgerät nicht mehr funktionierte. Es war, als wenn er mit einem Schlag seiner Sinne beraubt worden wäre; der Kontakt zur Außenwelt war völlig abgeschnitten. Ein lebendig Begrabener konnte in keiner schrecklicheren Lage sein. Während aber Jochen absolut hilflos dastand und nur an dem Griff an seinem Arm spürte, daß er nicht allein war, konnte der andere ihn ungestört beobachten. In diesem Moment löste sich der Griff von seinem Arm, doch vermochte Jochen nicht, sich von der Stelle zu rühren. Es war, als ob seine Glieder seinem Willen nicht mehr gehorchten, da ein fremder Wille Macht über ihn gewonnen hatte. Das Bewußtsein, daß der andere jede seiner Bewegungen verfolgen konnte, selbst jedoch unsichtbar blieb, beraubte Jochen all seiner natürlichen Widerstandsfähigkeit. Er hatte das Gefühl, als befände er sich mit verbundenen Augen in einem Löwenkäfig. Die Bestien schlichen um ihn herum, in immer engeren Kreisen, und er wagte nicht, sich zu rühren, da sie sich bei der leisesten Bewegung auf ihn stürzen würden.
Ein kräftiger Stoß in den Rücken machte diesem Zustand ein Ende. Jochen stolperte vorwärts, wurde wieder am Arm gepackt und verlor plötzlich den Boden unter den Füßen. Im Fallen traf er auf eine Treppe, rollte noch einige Stufen hinab und blieb liegen. Jochen fürchtete, der Sturz habe sein Atemgerät oder den Raumanzug beschädigt. Doch die Atemzufuhr

funktionierte normal; die geringe Anziehungskraft auf dem Mond hatte den Fall gemildert. Jochen richtete sich vorsichtig auf. Ehe er jedoch einen Schritt getan hatte, spürte er, daß sein Raumanzug berührt wurde. Eine Hand tastete an ihm hinauf, jetzt eine zweite. Über Jochens Körper rieselte ein eiskalter Schauer; er hatte die Vorstellung, von einem Toten betastet zu werden, den er in seiner Gruft aufgestört hatte und der sich vergewissern wollte, wer der Eindringling war. Jetzt ergriff der andere Jochens Hand, als wollte er ihn begrüßen, und gleich darauf klopfte er in unregelmäßigen Abständen auf den Ärmel von Jochens Raumanzug. Jochen begriff endlich, daß er einen Leidensgefährten angetroffen hatte, der sich durch Morsezeichen verständlich machen wollte.

Da die Außenstation jeden Augenblick in Sichtweite kommen mußte, steuerte Simin das Fahrzeug in einem weiten Bogen nach links, um im Schutze einer sich lang hinziehenden Felshalde ungesehen heranzukommen. Am Ende der Halde, etwa hundert Meter von der Station entfernt, stellte er den Wagen ab und lief mit schnellen Schritten über das ebene Gelände. An der Hinterfront des Gebäudes angelangt, schaute er vorsichtig durch das Fenster. Der Raum war leer. Der zweite Raum, dessen Fenster an der gegenüberliegenden Seite war, befand sich gegenwärtig im Schatten, so daß Simin darauf verzichtete, um das Gebäude herumzulaufen. Der Umstand, daß es in den der Sonne abgewandten Räumen auf dem Mond stockfinster ist, hat den Vorteil, daß man in ihnen am Tage schlafen kann. Sobald die Sonne zu dieser Seite gewandert ist, benutzt man den entgegengesetzten Raum zum Schlafen. Aus dieser wechselhaften Verwendung der Räume ist auf dem Mond in den Wohnungen eine ganz eigenartige Inneneinrichtung entstanden. Selbstredend war Simin in diesem Augenblick weit davon entfernt, sich darüber Gedanken zu machen, und trat kurz entschlossen in die Station, um beide Räume zu durchsuchen, wobei er im zweiten die Taschenlampe zu Hilfe nahm. Doch von Jochen Rockhaus fand er keine Spur. Vielleicht war er gar nicht hier angelangt? Simin stellte die Sprechfunkanlage ein. „Hallo, Howald!"

„Haben Sie ihn gefunden?" fragte Howald sogleich zurück.

„Nicht die Spur."

„Aber er muß in der Station sein, das Pünktchen auf dem Schirm zeigt genau den Ort an, wo Sie eben jetzt stehen."

„Aber er ist nicht hier, und im nächsten Umkreis außerhalb des Gebäudes kann man keinen Kohlkopf verstecken, so platt ist das Gelände."

„Ja, dann ..." Mehr wußte Howald im Augenblick nicht zu sagen.

„Wann ist er hier eingetroffen?" wollte Simin jetzt wissen.

„Vor genau sechs Minuten."

„Vielleicht hat er die Station bereits wieder verlassen und sich auf den Rückweg begeben."

„Dann müßte er das Radiopulver in der Station gelassen haben, da es noch immer von dort sendet. Ohne den Raumanzug zu öffnen, kann er sich aber des Pulvers nicht entledigen."

„Da war doch ...!" rief Simin und brach die Verbindung ab. Er sprang zum Fenster, wo er einen Schatten gesehen hatte. Nach einem kurzen Blick durch die Scheibe stürzte er zur Tür, riß sie auf und rannte einer Gestalt hinterdrein, die bereits einen Vorsprung von gut fünfzig Metern gewonnen hatte. Viel größer

darf der Abstand nicht werden, dachte Simin, sonst reicht der Nahfunk nicht aus. Er stellte im Laufen das Gerät ein.
„Bleiben Sie stehen!" rief er. „Ich verfolge Sie mit dem Fahrzeug. Sie haben keine Möglichkeit zu entkommen."
Er konnte beobachten, wie der andere seinen Lauf verlangsamte, als dächte er über Simins Worte nach. Dann blieb er stehen, wandte sich um und kam auf Simin zu.
„Fräulein Messmer?" rief Simin überrascht.
„Woher kennen Sie meinen Namen?"
„Das gehört zu meinem Beruf; er besteht darin, auf dem Mond hin und wieder für Ordnung zu sorgen. Mein Name ist Simin."
„Haben Sie Herrn Rockhaus gesehen?" fragte Margrit ohne Übergang. „Er ist aus dem ‚Babylon' verschwunden; ich nahm an, er wäre hier."
„Das nahm ich auch an. Er ist aber nirgends zu entdecken."
„Dann muß ich mich geirrt haben."
„Sie haben sich nicht geirrt."
„Das verstehe ich nicht. Sie sagten doch eben . . ."
„Moment mal." Simin bediente das Fernfunkgerät. „Hallo, Howald! Was sagt das Pünktchen?"
„Noch immer das gleiche", entgegnete Howald. „Er muß dort sein. Doktor Matu meint, ein Irrtum sei ausgeschlossen."
„Schön, dann suchen wir weiter."
„Was heißt ‚wir'?" fragte Howald.
„Fräulein Messmer hat sich soeben hier eingefunden; sie ist Rockhaus gefolgt."
„Aha."
Simin wandte sich wieder Margrit zu. „Mein Kollege ist davon überzeugt, daß sich Herr Rockhaus hier be-

findet. Wir müssen das Gebäude nochmals untersuchen."
Margrit ging mit Simin zur Station zurück. Während er das Gebäude umschritt, um dort eventuelle Spuren zu finden, versuchte Margrit Jochen mittels Nahfunk zu erreichen. Das eine wie das andere war ohne Erfolg.
„Wir müssen den Fußboden des Gebäudes untersuchen", erklärte Simin. „Das ist die letzte Chance."
Er langte ein Messer aus einer Außentasche des Raumanzuges, klappte es auf und fuhr die Ritzen entlang. Und als er zur Mitte des größeren der beiden Räume gelangt war, berührte die Klinge eine Kontaktstelle, worauf sich ein Lukendeckel selbsttätig öffnete und ein Geviert von etwa ein mal anderthalb Meter freigab.
„Na also!" rief Simin, stieg die Treppe hinab und führte Jochen herauf. Jedenfalls glaubte Simin, daß es Jochen sei, obwohl die geschwärzte Sichtscheibe eine Identifizierung völlig unmöglich machte. Auch Margrit hatte keinen Anlaß, daran zu zweifeln, daß es sich um Jochen handelte. Sie umarmte die hilflos dastehende Gestalt, führte sie zu einem Stuhl und setzte sie sanft nieder.
„Was hat er nur?" fragte Simin. „Er deutet dauernd nach unten."
„Vielleicht ist er an den Füßen verletzt?"
Simin untersuchte den Schutzanzug des Geretteten. „Wir müssen die Sprechfunkanlage in Ordnung bringen, ein Kabel ist durchgeschnitten worden. Ich glaube, ich finde das Nötige im Wagen."
Simin eilte davon. Margrit versuchte inzwischen die verschmierte Sichtscheibe zu reinigen. Es wollte ihr jedoch nicht gelingen. Als Simin zurückkam, reichte er ihr ein Fläschchen. „Damit müßte es gehen."

Margrit machte sich wieder ans Werk, und als Simin das Funkgerät in Ordnung hatte, war auch die Sichtscheibe frei.
Margrit fuhr zurück. „Das ist nicht Jochen!"
„Nein", sagte Simin, „das ist Callington."
„Unmöglich!" rief Margrit. „Callington befindet sich in diesem Augenblick zu einem Empfang im Stadthaus."
„Ein Mann, der sich Callington nennt", behauptete Simin. „Der wirkliche Callington ist dieser Mann hier."
„Aber wo ist Jochen?" rief Margrit.
Callington stand auf und trat zur Luke. „Vor etwa zwanzig Minuten hatte ich Gesellschaft bekommen. Vielleicht ist das der Mann, den Sie Jochen nennen!"
Im nächsten Augenblick war Margrit in der Luke verschwunden, und gleich darauf führte sie Jochen herauf. Mit fliegenden Händen reinigte sie die Sichtscheibe seines Schutzhelms, während Simin das auch hier durchgeschnittene Kabel des Funkgeräts wieder funktionsfähig machte.
Als Jochen wieder sehen, hören und reden konnte, sagte er: „Es war eine Frau! Obwohl ich sie, als ich die Tür zur Station aufstieß, nur einen kurzen Augenblick sehen konnte, bin ich sicher, daß es eine Frau war. Sie hatte unter dem Schutzhelm einen Hut mit einem Halbschleier auf."
„Auch ich bin von einer Frau überwältigt worden", erklärte Callington. „Und sie muß Bärenkräfte besitzen; als Astronaut habe ich von Berufs wegen einen durchtrainierten Körper, und ich weiß mich zu wehren, auch wenn die Sichtscheibe verkleistert ist. Aber ehe ich mich versah, hatte sie mich gefesselt. Danach hat sie mich in eine Kiste gesteckt und hierher geschleppt."

„Das sieht doch ganz nach Mrs. Haddock aus, der alten Engländerin", meinte Simin.
Margrit machte ein ungläubiges Gesicht. „Eine Frau? Das muß doch auffallen, wenn eine Frau eine so große Kiste trägt."
„Auf dem Mond nicht", erklärte Simin.
Darauf schloß er die Luke, sah sich prüfend im Raum um und forderte die anderen auf, die Station zu verlassen.
„In wenigen Minuten muß das Fahrzeug aus Mirograd hier eintreffen", sagte er. „Und Listen wird auch nicht lange auf sich warten lassen. Es ist besser, wir machen uns für ein Weilchen unsichtbar."
Simin führte Margrit und die beiden Männer zu seinem hinter dem Felsenriff verborgenen Wagen. Sie nahmen darin Platz, und Simin unterrichtete Howald über die letzten Ereignisse.
„Callington?" rief Howald verblüfft, „ich denke, der befindet sich auf einem Empfang, den der Bürgermeister gerade gibt."
„Das ist nicht Callington, sondern ein Hochstapler, genauer gesagt: ein Double des echten Callington. Unser Bürgermeister scheint eine Schwäche für solche Leute zu haben; erst der entlaufene Artist und jetzt ein verkrachter Schauspieler."
„Woher wissen Sie das?"
„Die Sinuskurve seiner psychischen Reaktionen entspricht genau dem Verhalten eines Schauspielers, der statt auf der Bühne im wirklichen Leben eine andere Person darstellen soll und dieser Rolle auf die Dauer nicht gewachsen ist. Die Leute vom Institut für experimentelle Medizin haben mir das bestätigt. Übrigens hatte ich vor Jahren in Odessa mal einen ähnlichen Fall. Es ist schon lange her, weshalb ich mich nicht gleich daran erinnern konnte. Eine Rückfrage

bei der Zweigstelle hat meine Erinnerung aufgefrischt."

„Und der echte Callington, hat er den Skaphandersprung wirklich vollbracht?"

„Das zu erklären, ist jetzt keine Zeit. Wo befindet sich gegenwärtig der Wagen aus Mirograd?"

Howald blickte auf den Schirm des Oszillographen und rechnete die Strecke in Zeit um. „In zwei, spätestens drei Minuten müßte er an der Station anlangen."

„Schön, dann packen Sie Ihre Sachen und verfügen sich samt Doktor Ellis zum Eingang des Planetariums. Ich komme mit Listen nach; bin gespannt, was die beiden für Augen machen, wenn sie sich bei einem nicht verabredeten Treff gegenüberstehen."

Damit beendete Simin das Gespräch mit Howald und stieg aus dem Wagen, um von dem Ausläufer des Felsenrists aus die Ankunft des Fahrzeuges aus Mirograd zu beobachten. Howald hatte sich nicht geirrt. Nach gut zwei Minuten kam der Wagen in gemächlichem Tempo angefahren und hielt unmittelbar vor der Station. Der Fahrer stieg aus und brachte die in Kisten, Kästen und sonstigen Behältern verstauten Geräte in das Gebäude. Simin achtete auf jede Bewegung des Mannes. Dessen unbekümmertes Verhalten deutete jedoch nicht darauf hin, daß er eine Ahnung von seiner Funktion in der Stafette hatte. Nachdem er alle Geräte in die Station gebracht hatte, stieg er wieder in den Wagen und fuhr davon. Simin blieb auf seinem Posten, denn er rechnete damit, daß Listen nicht lange auf sich warten lassen würde. Er hatte sich nicht getäuscht. Nach kaum zehn Minuten näherte sich, von der Krätze kommend, eine Gestalt. Sie schien es sehr eilig zu haben, wie die hastigen Schritte verrieten. Wie kann man es nur so eilig damit haben,

in die Falle zu geraten, dachte Simin im stillen und grinste. Und überdies scheint der Herr nicht zu wissen, daß man bei kurzen Strecken auf dem Mond mit kleineren Schritten schneller vorankommt, sonst würde er nicht solche riesigen Sätze machen.
Listen hatte für diese stillen Vorwürfe jedoch kein Ohr; zwar schaute er sich, sobald er die Station erreicht hatte, nach allen Seiten um, stieß dann aber sogleich die Tür auf und machte sich über die Behälter her. Da die Geräte in dem Raum standen, dessen Fenster zur gegenüberliegenden Seite ging, näherte sich Simin ohne irgendwelche Vorsichtsmaßregeln dem Gebäude und lugte durch die einen Spaltbreit offenstehende Tür. Listen kehrte ihm den Rücken zu; er schien nicht zu wissen, wo die Kapsel verborgen war, und öffnete einen Behälter nach dem anderen, und obwohl er mit hastigen Griffen die Geräte herausnahm und achtlos wieder hineinwarf, wenn er die Kapsel nicht gefunden hatte, mußte es, wenn er die Reihenfolge beibehielt, noch eine Weile dauern, bis er an den länglichen Kasten kam. Die sinnlose Durchsuchung der Behälter ging Simin irgendwie gegen die Natur, und er war versucht, hineinzugehen und Listen den länglichen Kasten unter die Nase zu schieben. Doch Simin widerstand der Versuchung und faßte sich in Geduld. Und sie wurde belohnt, denn endlich öffnete Listen den fraglichen Behälter, fand die Kapsel und betrachtete sie wie den kostbarsten Edelstein von der Welt. Wenn er wüßte, dachte Simin, daß die strahlenresistente Kapsel durch eine unbrauchbare Imitation ersetzt wurde und der Mikrofilm längst verdorben ist. Doch das wußte Listen nicht, und so schob er die Kapsel in die Tasche seines Raumanzuges, schloß sie sorgfältig ab und verstaute das herausgenommene Gerät wieder oberflächlich in dem läng-

lichen Kasten. Darauf wandte er sich um und blieb wie erstarrt stehen. Der soeben eingetretene Simin deutete lächelnd auf die Tasche, in der die Kapsel vor einem Augenblick verschwunden war. „Sie haben da ein hübsches Beweisstück in der Hose, meinen Sie nicht auch?"
Doch Listen meinte nichts; der Schreck hatte ihm die Sprache verschlagen. Und als Simin ihn aufforderte, ihm zu folgen, blieb er noch immer wie versteinert stehen. „Na, kommen Sie schon", meinte Simin. „Callington wird sich freuen, den Mann zu sehen, der die Voraussetzungen für den Skaphandersprung in der Tasche hat."
„Callington lebt?" rief Listen in einem Tone, als wäre ihm ein Gespenst erschienen.
„Weshalb sollte er nicht leben?" fragte Simin und gab sich Mühe, ein ahnungsloses Gesicht zu machen. „Hatten Sie mit seinem Tode gerechnet?"
„Natürlich nicht", sagte Listen schnell. Er hätte sich ohrfeigen können, doch da der Schutzhelm dem im Wege stand, biß er sich nur auf die Lippen.
„Kommen Sie jetzt endlich!" sagte Simin, dem Listens hilfloses Gestammel den Spaß an der Ironie verdorben hatte.
Als die beiden an Simins Wagen anlangten, begann Callington schrecklich zu lachen. Listens Gesicht war aber auch zu komisch, und Callington lachte so unbändig, daß auch die anderen angesteckt wurden. Nur Listen lachte nicht; es war zu vieles, was er nicht begreifen konnte: sein eigener Reinfall, das plötzliche Auftauchen des echten Callington, vor allem aber, daß Margrit sich über all das ausschütten konnte vor Lachen.
Der kleine, kuglige Simin hüpfte wie ein Gummiball auf und nieder. Wenn man keine Trimmschuhe trägt,

reißt einen auf dem Mond ein herzhaftes Lachen von den Beinen. Und Simin trug keine Trimmschuhe. Aber allmählich wippte Simin nur noch leicht auf und nieder, drückte die Augen zu, als ob er einen zu großen Bissen hinunterschluckte, und rief: „Die Fuhre ist voll, ab die Post!"
Er kletterte auf den Fahrersitz und startete. Der Wagen ruckte an, und die gemischte Gesellschaft fuhr davon. Nachdem sie die Krätze umfahren und hinter sich gelassen und den Krater IV passiert hatten, wandte sich Simin an Callington. „Soll ich Sie am ‚Big Paul' absetzen? Ihr Wirt freut sich gewiß, wenn er den immer vergnügten Herrn Olsen wiedersieht."
„Das hat Zeit", meinte Callington. „Ich brenne darauf, meinen Doppelgänger kennenzulernen."
„Der wird bereits auf dem Wege zum Planetarium sein, um seinen großen Auftritt zu zelebrieren", mutmaßte Simin.
„Um ihm das zu vermasseln, bin ich schließlich auf den Mond gekommen", erklärte Callington.
„Und Sie beide", wandte sich Simin jetzt an Margrit und Jochen, „haben vermutlich das Bedürfnis, an diesem Schauspiel teilzunehmen."
Als die beiden das bejahten, machte er sie darauf aufmerksam, daß es in dem Falle ein bißchen eng im Wagen werden würde.
„Wir müssen nämlich noch Mrs. Haddock einladen; schließlich spielt sie eine Schlüsselrolle in dem Stück."
„Sie wissen, wer sich hinter dieser Frau verbirgt?" fragte Callington.
„Eigentlich müßten Sie das besser wissen", entgegnete Simin. „Sie haben Ihren Dreh bei dem Skaphandersprung doch sicherlich nicht ohne Hilfe zustande gebracht."

„Richard? Das ist unmöglich!" rief Callington. „Und doch, Richard Isle war der einzige, der davon wußte."
„Und der sein Wissen hier zu Geld machen wollte. In Amerika war es ihm zu gefährlich; der alte Douglas hat dort noch immer einige Möglichkeiten, um einen kleinen Erpresser mundtot zu machen. Auf dem Mond ist das schon schwieriger." Simin wandte sich an Listen. „Wieviel hat denn die Dame von Ihnen verlangt?"
„Fünfzigtausend", gestand Listen.
Indessen war der Wagen vor dem Kurhaus angelangt.
„Soll ich Sie begleiten?" fragte Callington, als Simin sich anschickte, den Wagen zu verlassen. „Isle hat athletische Kräfte."
„Ich werde es schon schaffen", meinte Simin und machte sich auf den Weg.
Der Mann an der Rezeption machte ein erstauntes Gesicht, als Simin ihn bat, Mrs. Haddock mitzuteilen, daß ein Herr Listen auf sie warte. Sie möchte ins Foyer kommen.
„Aber Sie sind doch gar nicht Herr Listen."
„Schließt das aus, daß er auf die Dame wartet?"
„Nein, das nicht", stotterte der Mann, griff zum Telefon und tat, wie ihm geheißen.
Simin stellte sich so, daß er sich in Isles Rücken befand, sobald dieser das Foyer betrat. Als das nach wenigen Augenblicken geschah, trat Simin von hinten an ihn heran und riß ihm mit der einen Hand das Hütchen samt Schleier und mit der anderen die Perücke vom Kopf. Die so unverhofft zum Mann gewordene Frau fuhr herum und blickte in Simins freundlich lächelndes Gesicht.
„Entschuldigen Sie meine rasche Art, Herr Isle, ich benötige Sie jedoch dringend als Zeugen in der Affäre

Douglas. Folgen Sie mir bitte, der Wagen wartet bereits vor der Tür."
Richard Isle schaute Simin wie einen Geist an. „Wer sind Sie?"
„Das schlechte Gewissen der Leute, die unfähig sind, selber eins zu haben. Aber jetzt beeilen Sie sich, sonst beginnt die Vorstellung ohne uns, und das noch mit einer falschen Besetzung der Hauptrolle. Das möchte ich unserem Bürgermeister diesmal ersparen."
Der unbeschwerte Plauderton Simins ließ Isle erkennen, daß dieser Mann alle Fäden in der Hand hatte. Also folgte er widerstandslos. Doch plötzlich blieb er stehen. „Aber ich kann doch nicht in diesem Aufzug ..." rief er. „Unten Frau und oben Mann?"
„Stimmt, das wäre ein Stilbruch." Simin reichte ihm Perücke und Hütchen. „Setzen Sie das wieder auf; damit werden Sie Ihren Auftritt zu einem großartigen Erfolg machen."

18.

Als Howald am Eingang des Planetariums vorfuhr, strömten die Lunastädter bereits in hellen Scharen hinein. Wenn die wüßten, was sie erwartet, dachte Howald bei sich, dann würden sie sich noch mehr beeilen, um einen Platz in den ersten Reihen zu ergattern.
Da von Simin noch nichts zu sehen war, wandte sich Howald an Doktor Ellis, der wie ein Häufchen Unglück im Wagen hockte. „Was weiß Douglas von Ihnen, daß er Sie erpressen konnte?"
„Es handelt sich um ein Patent. Ich wollte es an ein anderes Werk verkaufen."

„Und Douglas hat Sie dabei erwischt?"
„Ja."
„Beim Stehlen oder beim Verkaufen?"
„Beim . . ." Ellis zögerte.
„Also beim Stehlen. Sie allein, oder noch andere?"
„Ich hatte einen Partner."
„Einen Partner, so so. Und der Partner, wurde der auch erpreßt?"
„Nein. Wie ich später erfahren habe, hatte er von Douglas den Auftrag, mich zu dem Patentdiebstahl zu verführen."
„Und nun hatte Douglas Sie in der Hand. Entweder er würde Sie anzeigen, oder Sie würden einen weiteren Diebstahl begehen müssen, diesmal aber im direkten Auftrag von Douglas."
„So war es."
„Eine rührende Geschichte."
Howald wies Ellis an, sich nicht von der Stelle zu rühren, stieg selber aus dem Wagen und vertrat sich ein wenig die Beine.
„Da ist ja halb Lunastadt unterwegs", sagte er zu einem der vielbeschäftigten Ordner, und als jetzt Simins Wagen auftauchte, setzte er hinzu: „Und wenn mich nicht alles täuscht, ist auch Mrs. Haddock mit von der Partie!"
Simin stoppte unmittelbar neben Howald. „Hab mei Wage vollgelade!" rief er lachend. „So sagt man doch in Ihrer Heimat?"
„Nur wird man dort heutzutage solch eine Fuhre nicht mehr zusammenbringen, wenigstens was Leute wie Listen anbelangt", meinte Howald. „Von den letzten dieser Sorte sagte man seinerzeit, sie lebten auf dem Mond."
„Was beweist", erwiderte Simin, „daß die alten Sprichwörter hin und wieder wörtlich zu nehmen sind. Doch

jetzt ist es an der Zeit, den Bürgermeister zu unterrichten, sonst läßt er den falschen Callington auf die Bühne steigen. Die Welt würde uns diesen Regiefehler nicht verzeihen, schließlich handelt es sich um den letzten Akt einer historischen Komödie, und da muß die Besetzung stimmen."

Simin forderte die Herrschaften auf auszusteigen. Als sich Listen und Ellis gegenübertraten, hoben sie die Schultern und schlugen die Augen nieder. Nach diesem erschöpfenden Kommentar schienen sich die beiden nicht mehr zu kennen. Simin hatte die Szene mit stillem Vergnügen beobachtet, während Howald bereits dem Eingang zustrebte, um nicht noch mehr Zeit zu verlieren. Simin bedeutete den übrigen, Howald zu folgen, und setzte sich selber an den Schluß.

Es war nicht einfach, sich durch die nach der Tribüne zu immer dichter werdende Menschenmenge zu drängeln, und Howalds energische Ellenbogen brachten ihrem Besitzer unfreundliche Worte ein. Als sie am Fuße der Tribüne angelangt waren, hatte Howald nicht mehr die Kraft, sich weitere Komplimente einzuhandeln. Callington mußte an seine Stelle treten, und er tat es mit seinem immer vergnügten Gesicht und dem Geschick eines Mannes, der sein Leben lang nicht durch Wasser, sondern ausschließlich durch Menschenmeere geschwommen ist. So gelangten sie zur rechten Zeit die Tribüne hinauf und in die Ehrenloge, wo der Bürgermeister und der falsche Callington nebst Begleitern Platz genommen hatten, unter den Begleitern des einen das Stadtoberhaupt von Poseidon, unter denen des anderen zwei Herren mit ungerahmter Brille, vermutlich die beiden Nervenärzte.

In dem Augenblick, da der echte Callington in die Loge trat, fiel der falsche um. Die beiden Ärzte be-

mühten sich um ihn, und die übrigen schauten von einem zum anderen, vornehmlich aber zum richtigen Callington; da stieg in ihnen die Ahnung auf, daß die verblüffende Ähnlichkeit des einen mit dem anderen einem makabren Spiel gedient hatte. Der Poseidoner Bürgermeister aber brach in ein fürchterliches Gelächter aus, was nicht verwundern darf, da er dergleichen erwartet hatte und angesichts der beiden Callingtons sofort im Bilde war.
Die Vorgänge in der Ehrenloge waren der Volksmenge, die den Sportplatz und die ihn umsäumenden Traversen zum Bersten füllte, nicht verborgen geblieben. Eine spürbar zunehmende Erregung griff um sich, und Simin war sich darüber im klaren, daß jede weitere Verzögerung unübersehbare Folgen haben konnte. Er bat den Lunastädter Bürgermeister, nachdem er ihn so notdürftig wie schnell unterrichtet hatte, ein paar eröffnende Worte zu sagen und alles übrige ihm, Simin, zu überlassen.
„Bürger von Lunastadt", begann Simin, nachdem der Bürgermeister geendigt hatte, „ich habe das Vergnügen, Ihnen statt eines Callington deren zwei vorzustellen – einen echten und einen falschen. Das ist mehr, als Sie erwarten durften, und doch ist es noch nicht alles, denn keiner von beiden hat den sensationellen Skaphandersprung ausgeführt. Sonst wäre einer nicht mehr unter den Lebenden, nämlich der echte Callington."
Allein diese Worte versetzten die versammelte Menge in lärmende Unruhe, und Simin hatte Mühe, sich weiter Gehör zu verschaffen.
„Die Firma Douglas", fuhr er fort, „ist bis heute nicht in der Lage, ein derartiges Unternehmen zu starten. Auf welche Weise aber gelang es ihr, die schwerelose Landung eines Menschen vorzutäuschen? Indem sie

einen Schauspieler dingte, der nichts aufzuweisen hatte als eine ausreichende Ähnlichkeit mit einem echten Astronauten. Dieser Schauspieler hatte die Aufgabe, sich außerhalb des von Reportern, Schaulustigen und anderen umgebenen Landeplatzes zu einem genau festgelegten Zeitpunkt einzufinden und sich für den wohlbehaltenen gelandeten Astronauten auszugeben. Die Landung außerhalb der vorgegebenen Markierung hätte natürlicherweise Verdacht erregt; um sie lediglich als einen Schönheitsfehler erscheinen zu lassen, mußte zuvor vor den Augen des Publikums wirklich ein Mann mit der Rakete in den Himmel geschickt werden. Dazu war Callington ausersehen, den man von der Realisierbarkeit des Unternehmens überzeugt hatte. Kurz vor dem Start verriet ihm nun aber ein ihm von früher her bekannter Techniker der Firma Douglas, daß er zum Opfer eines Schwindelunternehmens ausersehen sei. Um aber die bereits erhaltenen fünfzigtausend Dollar nicht zurückgeben zu müssen, dachten sich Callington und der Techniker einen Trick aus. Der zum Startkommando gehörende Techniker zog über seinen Monteuranzug einen zweiten und stieg, was durchaus seiner Aufgabe entsprach, zu einer letzten Überprüfung zu dem bereits in der Kabine befindlichen Callington. Der zog schnell seinen angeblich die Schwerkraft aufhebenden Raumanzug aus und die von dem Techniker inzwischen abgestreifte Monteurkluft an und verließ die Rakete. Das mit ein wenig Öl verschmierte Gesicht tat ein übriges, daß man ihn für den Techniker hielt. So konnte er sich unauffällig und unerkannt davonstehlen. Was aber geschah mit dem wirklichen Techniker? Er löste aus der der Kabinentür gegenüberliegenden Wand der Rakete ein Einsatzstück, was zur Erleichterung der technischen Überprüfung durchaus üblich ist, glitt im

Schutze des Startgerüsts nach unten, so daß er von denen, die Callington aus der Rakete hatten kommen sehen, nicht bemerkt werden konnte, und mischte sich unter die Starthelfer, die wiederum nicht bemerkt hatten, daß auf der anderen Seite jemand die Rakete verlassen hatte. So hatten alle Beteiligten jeweils nur einen Mann, ihrer Meinung nach natürlich den Techniker, aus der Rakete kommen sehen. Also konnte keiner auf die Idee kommen, daß Callington sich nicht mehr in ihr befinde. In der Tat hatte er aber nur seinen Schutzanzug dort zurückgelassen, der von der alsbald gestarteten Rakete zweihundert Kilometer hochgetragen und herauskatapultiert wurde, um in den See zu fallen, der dazu ausersehen war, Callingtons Grab zu werden. Da der echte Callington nicht wieder auftauchte, glaubte man auch, daß die Rechnung aufgegangen sei, und gab den falschen für den echten aus."

Simins Eröffnungen verwandelten das Planetarium in einen lärmbrodelnden Kessel. Empörung über die Skrupellosigkeit des Unternehmens und Heiterkeit über den Streich, mit dem Callington darauf geantwortet hatte, mischten sich zu gleichen Teilen. Allmählich gewann die Heiterkeit jedoch die Oberhand, womit die Lunastädter nur der Wirklichkeit folgten, in der ja auch der gegen die Skrupellosigkeit geführte Streich die Oberhand gewonnen hatte. Doch was dort in aller Stille vor sich gegangen war, reflektierte sich hier in einem an Lautstärke ständig zunehmenden Getöse, dessen Wellen mit immer größerer Wucht gegen die Wände des Planetariums schlugen. Und da sich Simin nicht sicher war, ob dessen Erbauer an eine solche Beanspruchung gedacht hatten, fürchtete er um den weiteren Bestand des Gebäudes.

„Der alte Douglas!" rief er deshalb und hob beschwörend die Hände, „der alte Douglas konnte aber nur dann Gewinn aus dem Unternehmen ziehen, wenn er zu gegebener Zeit in der Lage war, die erforderlichen Voraussetzungen nachzuweisen." Als der Lärm dann in sich zusammengesunken war, erläuterte Simin den Plan, nach dem diese Voraussetzungen beschafft werden sollten, und die Art und Weise, wie dieser Plan zunichte gemacht wurde. Danach gedachte er Richard Isles, des Technikers, der, als Frau maskiert, versucht hatte, sein Wissen in fünfzigtausend Dollar umzumünzen, und erwähnte schließlich Callington selbst, der nach Lunastadt gekommen war, weil er annahm, allein hier den Betrug ohne Gefahr für die eigene Person aufdecken zu können, konnte er doch nicht ahnen, daß auch Isle hier sein und ihn außer Gefecht setzen würde, weil er in ihm einen Konkurrenten bei seinem Erpressungsversuch vermutete. Und endlich sprach Simin von Margrit Messmer, der Tochter des alten Douglas, deren Charakter sie davor bewahrt habe, eine eben gewonnene Liebe zu verlieren. „Vielleicht", so sagte Simin lächelnd, „war es auch umgekehrt, und die Liebe hat den Charakter bewahrt. Wahrscheinlich aber haben beide sich gegenseitig bewahrt, da keines das andere entbehren kann."

Nach diesen Worten stellte Simin die Akteure vor, die in der Komödie eine Rolle gespielt hatten, einen nach dem anderen: zuerst den echten Callington, der mit Heiterkeit und Beifall, und danach den falschen Callington, der mit spöttischem Gelächter überschüttet wurde. Diesen beiden folgte Richard Isle, dessen zwiespältige Rolle sicherlich nur wenig Eindruck gemacht hätte; als alte Engländerin verkleidet, hatte er jedoch einen ungeheuren Lacherfolg, was einmal zu erleben ihm selbst in seinen kühnsten Träumen nicht eingefallen wäre. Listen und Doktor Ellis ernteten wieder nur spöttisches Gelächter, von dem auch die Nervenärzte gelindere Portionen abbekamen. Als jedoch Margrit und Jochen vorgestellt wurden, verwandelte sich das riesige Planetarium in eine einzige Kehle, aus der nicht enden wollende Hochrufe heraufquollen und, von der Kuppel zurückgeworfen, wie ein Wolkenbruch auf die Köpfe der Menge herabrauschten. Simin fürchtete neuerlich für den Bestand des Gebäudes und hob beschwörend die Arme.

Man verstand diese Geste und beruhigte sich allmählich. Nur einer in der Menge schien sie mißverstanden zu haben. Es war Hardy. Er nahm an, daß Simin, als er die Arme hob, zum letzten Schlag ausholen wollte, zum Schlag gegen ihn, Hardy. Und er mühte sich verzweifelt, durch die Menschenmassen hindurch und unbemerkt aus dem Planetarium zu kommen. Doch gerade dadurch zog er die Aufmerksamkeit auf sich. Durch sein rücksichtsloses Benehmen verärgert, wandten sich ihm mehr und mehr Leute zu und bildeten schließlich einen undurchdringlichen Ring um ihn. Er saß wie die Maus in der Falle. Eben darauf hatte Simin gewartet. Es wäre schwierig gewesen, den Journalisten auf andere Art aus der Menge zu fischen. Doch Simin kannte seinen Mann und hatte sich darauf verlassen, daß Hardy zur rechten Zeit die Nerven verlieren und sich selber am sichersten fangen würde. Er wurde jetzt auf einen Wink Simins zur Tribüne hinaufbefördert, wo er sich, ohne dazu aufgefordert zu sein, neben Listen brav in die Reihe der Sünder stellte. Und er schien unter den Sündern der ärmste sein zu wollen. Für einen italienischen Sportsegler jedenfalls hätte ihn jetzt keiner mehr gehalten. Die Sonnenbrille war ihm von der Nase gerutscht und hing mit dem Bügel an einem Ohr. Er nestelte an seiner von der Drängelei ramponierten Kleidung herum und blinzelte hilflos in die Menge, die von Simin in-

zwischen über Hardys Rolle unterrichtet wurde und sogleich wieder in lärmende Heiterkeit ausbrach. Also mußte Simin wieder beschwörend die Arme heben; und diesmal war keiner, der ihn mißverstand, und er konnte sich zu einem letzten Wort Gehör verschaffen.
„Der Vorhang", rief er, „senkt sich über ein Spiel, das in einem Bruchteil zeigt, was wir als Ganzes bereits hinter uns haben. Was uns damals die Röte des Zorns und der Empörung ins Gesicht trieb und die Anspannung aller Kräfte forderte, fordert uns heute nur noch ein spöttisches Lächeln ab oder treibt uns die Tränen der Heiterkeit ins Auge. Was damals ernster Anschlag war, ist heute nur ein Anschlag auf unseren Ernst. Die letzten Zuckungen der Vergangenheit lassen uns mit einem Zucken im Mundwinkel in die Zukunft sehen. Haben wir diesen Sinn des Spiels begriffen, so hat es einen wirklichen Sinn für uns gehabt."
Diese Worte hatten eine tiefe Stille erzeugt, doch kaum waren sie verklungen, sprang die Heiterkeit wieder auf und verteilte sich mit der das Planetarium verlassenden Menge über die ganze Stadt, wo sie aber nicht versiegte, sondern sich immer wieder neu belebte, als habe sie an diesem Tage das ewige Leben gewonnen.

Der Bürgermeister von Poseidon hatte sich nun einmal vorgenommen, für Callington ein Essen zu geben. Und wenn es nun auch ein anderer war, so war ihm das gerade recht. Er hatte natürlich auch seinen Lunastädter Kollegen sowie Simin und Howald und auch Margrit und Jochen dazu eingeladen. Überdies war ein Teil der sich wie eine Woge der Heiterkeit über Lunastadt ergießenden Besucher des Planetariums ins „Babylon" geströmt. So nahm es nicht wunder, daß das Thermometer der guten Laune immer weiter stieg und sich bedrohlich der Marke näherte, die den Beginn des Mondrausches anzeigte. Wili gab sogleich allen Getränken einige Tropfen eines Niederschlagmittels bei, welches jedoch keine nennenswerte Wirkung hatte, da die Gäste vor lauter Lachen kaum zum Trinken kamen.

„Es ist", rief das Poseidoner Stadtoberhaupt, „als ob die Lunastädter eine besondere Art von Gastfreundschaft pflegen, denn jedesmal, wenn wir auf den Mond kommen, verüben sie einen Anschlag auf unser Zwerchfell. Und jedesmal", fuhr er fort, indem er sein Glas erhob, „ist es ein Fall von tieferer Bedeutung, wenn es auch jedesmal ein Reinfall war."

Nun trink schon, damit wenigstens einer nüchtern bleibt, dachte Wili. Doch das Poseidoner Stadtoberhaupt schien sich zu scheuen, das Glas auf eine Rede zu leeren, die mit dem Wort Reinfall geendet hatte. Auch sein Lunastädter Kollege setzte das bereits erhobene Glas wieder ab.

„Es ist nicht unser Verdienst", erklärte er. „Der Mond war nur der Schauplatz; die Akteure kamen von der Erde."

„Dort wird man nicht weniger lachen als auf dem Mond", meinte Callington.

Sogleich wurde Wili von allen Seiten aufgefordert, das Fernsehgerät auf einen Erdsender einzustellen. Er folgte der Bitte nur widerstrebend, denn er dachte an die Folgen. Tatsächlich wurde eine Reportage gesendet, die von der Wirkung der Ereignisse in Lunastadt auf die Erdbevölkerung berichtete, und der Kommentator konnte vor Lachen nicht sprechen, seine Stimme rutschte ständig nach oben weg, wofür er sich, sobald er sie wieder in die unteren Lagen gebracht hatte, entschuldigte, um gleich darauf wieder nach oben wegzurutschen. Ein anderer Kommentator trat an seine Stelle, doch auch ihm rutschte die Stimme weg, diesmal jedoch nach unten, wo sie in einem Gurgeln erstarb, als säße ihr Besitzer in einer Regentonne und würde dauernd mit dem Kopf unter Wasser gedrückt. Und wenn er für einen Augenblick auftauchte, entschuldigte er sich prustend, um gleich darauf wieder „abzusaufen". Die Reportage wechselte den Schauplatz, doch wohin man auch blickte, überall hatte die Kunde vom falschen Mann im Mond die Erdbevölkerung in die ausgelassenste Heiterkeit versetzt. Und überall rutschte den Kommentatoren die Stimme weg, dem einen nach oben, dem anderen nach unten, aber jedem irgendwie.

Die Gäste im Restaurant des „Babylon" konnten sich kaum noch auf den Stühlen halten, denn die geringe Schwerkraft auf dem Mond bringt selbst die Seßhaftesten in Schwierigkeiten, wenn ihre Bäuche zu hüpfen beginnen. Und einige hüpften so heftig auf und nieder, daß die Knie gegen die Tischplatte stießen und das Geschirr zum Tanzen brachten. Und was Wili befürchtet hatte, trat ein: der Mondrausch forderte seine ersten Opfer. Zunächst waren es nur wenige, die dem eigenartigen Drang des vom Mondrausch Befallenen, sich tänzerisch zu bewegen, nicht mehr widerstehen konnten und mit mehr oder weniger anmutigen Schritten und Figuren um die Tische zu kreisen begannen. In wenigen Augenblicken war jedoch auch die Mehrzahl der übrigen Gäste vom Mondrausch erfaßt; namentlich die Poseidoner, derartiger Bewegungen auf dem Mond ungeübt, schlenkerten und schlingerten in halsbrecherischer Weise durch das Lokal, allen voran ihr Stadtoberhaupt.

Hätte er doch nur sein Glas mit dem Niederschlagmittel ausgetrunken, dachte Wili und machte sich mit seinen herbeigeeilten Kollegen daran, einen nach dem anderen einzufangen und ihnen im Nebenraum die bewährte Dosis zu verabreichen. Allein der Poseidoner Bürgermeister bereitete einige Schwierigkeiten und entzog sich immer wieder durch unberechenbare Luftsprünge dem rettenden Zugriff, bis er schließlich nach einem schlecht berechneten Sprung mitten auf dem Tisch, an dem er zuvor gesessen hatte, landete und in dem schnell über ihm zusammengezogenen und mit den vier Zipfeln verknoteten Tischtuch gefangengesetzt und, in dem miterfaßten Geschirr herumzappelnd, davongetragen werden konnte.

„Nur gut", meinte Simin, nachdem endlich die Ruhe wiederhergestellt war, „daß der Mondrausch auf der Erde unbekannt ist, sonst würden sich dort jetzt ähnliche Szenen abspielen."

„Was bei einigen Milliarden Menschen ein größeres Problem wäre als bei unseren paar tausend auf dem Mond", entgegnete der Lunastädter Bürgermeister, der neben Simin und Howald zu den wenigen gehörte, die dem Anfall von Mondrausch widerstanden hatten und nun vor dem abgeräumten Tisch saßen. Auch Margrit und Jochen waren verschont geblieben, da sie zu sehr mit ihren eigenen Gefühlen beschäftigt waren, um sich von denen anderer anstecken zu lassen.

Jetzt kamen Wili und seine Helfer zurück, um nach der Ruhe auch die Ordnung wiederherzustellen, und schließlich tauchten, einer nach dem anderen, auch die vom Mondrausch geheilten Gäste wieder auf und begaben sich mit mehr oder weniger niedergeschlagener Miene an ihre Plätze, als letzter der Poseidoner Bürgermeister, er allerdings mit der heitersten Miene von der Welt.

„Es ist unsagbar", rief er, noch bevor er am Tische Platz genommen hatte, „es ist unsagbar, was einem hier alles geboten wird! Wenn ich mit meinem Völkchen in Poseidon nicht so verwachsen wäre, würde ich hier seßhaft werden."

„Die Seßhaftigkeit", entgegnete sein Amtsbruder ironisch, „scheint jedoch nicht gerade Ihre starke Seite zu sein, wie wir soeben erleben konnten."

„Es war auch nicht buchstäblich gemeint", parierte der Poseidoner. Dann wandte er sich an Simin. „Weshalb eigentlich hat Douglas den Skaphandersprung nicht später veranstaltet, nachdem er im Besitz der gestohlenen Unterlagen war?"

„Weil in dem Falle alle Welt einen Diebstahl vermutet hätte. Wie aber hätte jemand auf diesen Verdacht kommen sollen, wenn der Skaphandersprung zu einer Zeit stattgefunden hätte, da die Arbeiten in Mirograd oder anderswo noch gar nicht abgeschlossen waren? Was noch nicht existiert, kann keiner gestohlen haben. Der vorzeitige Skaphandersprung verlieh also den Unterlagen, die Douglas beim Aufkauf seines Betriebes hätte vorlegen müssen, die nötige Glaubwürdigkeit. Und eben darauf kam es ihm an."

„Auch wenn es, wäre es nach ihm gegangen, einen Menschen das Leben gekostet hätte."

„Das Leben", sagte Howald, dem das letzte Wort vorbehalten blieb, „hat es anders gewollt. Es hat den Fall zu den heiteren Akten der Menschheit gelegt. Es sind dies die Akten, die niemals verstauben, da wir in ihnen am liebsten blättern. Und zwei Menschen an unserem Tische werden es wohl mit ganz eigenen Gefühlen tun, finden sie darin doch den Beginn ihres gemeinsamen Lebens aufgezeichnet."

Die Tafelrunde blickte auf Margrit und Jochen, denn jeder wußte, wen Howald gemeint hatte. Nur diese selbst wußten es nicht. Sie waren wohl schon in die heiteren Akten der Menschheit vertieft.